WILLIAM SHAKESPEARE

Verlorene Liebesmüh

Verfasserin des Nachwortes

Dr. phil. habil. Elisabeth Bronfen ist Professorin für englische und amerikanische Literatur an der Universität Zürich. Zu ihren zahlreichen Buchveröffentlichungen gehört auch die Herausgabe der Goldmann-Anthologien *Die schöne Seele. Die Entdeckung der Weiblichkeit um 1800* (7677), *Die schöne Leiche. Weibliche Todesbilder in der Moderne* (7610) und *Die Nacht. Ein Lesebuch von Träumen, Gewalt und Ekstase* (7630).

William Shakespeare

Verlorene Liebesmüh

Übersetzt
von Wolf Graf Baudissin

Mit einem Nachwort von
Elisabeth Bronfen

GOLDMANN

Umwelthinweis:
Alle bedruckten Materialien dieses Taschenbuches
sind chlorfrei und umweltschonend.

Der Goldmann Verlag
ist ein Unternehmen der Verlagsgruppe Bertelsmann GmbH

1. Auflage 6/2000

Umschlaggestaltung: Design Team München
Umschlagmotiv: Media Part 6 GmbH
Satz: IBV Satz- und Datentechnik GmbH, Berlin
Druck: Presse-Druck Augsburg
Titelnummer: 44920
BH · Herstellung: Sebastian Strohmaier
Made in Germany
ISBN 3-442-44920-0

1 3 5 7 9 10 8 6 4 2

Inhalt

Personen

Der KÖNIG von Navarra

BIRON LONGAVILLE DUMAIN	*Hofherren des Königs*

Don Adriano de ARMADO

MOTTE, *dessen Page*

Die PRINZESSIN von Frankreich

ROSALINE MARIA KATHARINE	*Hofdamen der Prinzessin*
BOYET MERCADE	*in Diensten der Prinzessin*

NATHANAEL, *Dorfpfarrer*

HOLOFERNES, *Schulmeister*

SCHÄDEL, *Tölpel*

DUMM, *Konstabel*

FÖRSTER

JACQUENETTA

Gefolge des Königs und der Prinzessin

Schauplatz: Navarra

Erster Akt

Erste Szene

Navarra: Park vor dem königlichen Schloß

Es treten auf der König, Biron, Longaville und Dumain

KÖNIG: Mag Ruhm, den jeder sucht, solang er lebt,
Leben in Schrift auf unserm erznen Grabe
Und dann uns zieren in des Todes Unzier;
Wenn, trotz der räuberisch gefräß'gen Zeit,
Das Streben dieser Gegenwart uns kauft
Die Ehre, die der Sichel Schärf ihr stumpft
Und uns zu Erben macht der ganzen Zukunft!
Deshalb, ihr tapfern Sieger – denn das seid ihr,
Die ihr die eigne Neigung kühn bekämpft,
Zusamt der ird'schen Lüste mächt'gem Heer –
Bleib unser letzt Gebot in voller Kraft:
Navarra soll das Wunder sein der Welt!
Sein Hof sei eine klein' Akademie,
Der Kunst stiller Beschaulichkeit ergeben.
Ihr drei, Biron, Dumain und Longaville,
Beschwurt, drei Jahre hier mit mir zu leben
Als Schulgenossen, den Gesetzen treu,
Die auf der Tafel hier verzeichnet stehn.

Ihr schwurt den Eid: nun unterschreibt die Namen,
Damit die eigne Hand deß Ehre fälle,
Der hievon nur den kleinsten Punkt verletzt.
Seid ihr zum Handeln wie zum Schwur bereit,
So unterschreibt und haltet streng den Eid!
LONGAVILLE: Gebt her: es gilt ja nur dreijährig Fasten.
Die Seele schmaust, ob auch der Körper darbt:
Ein fetter Bauch hat magres Hirn; je feister
Die Rippen, um so ehr bankrott die Geister!
DUMAIN: Mein teurer Fürst, Dumain will Buße tun.
Den gröbern Reiz der Welt und ihrer Freuden
Läßt er dem stumpfen Knecht der groben Welt:
Der Lust, dem Pomp, dem Reichtum will ich sterben,
In der Philosophie all dies zu erben.
BIRON: Ich kann nur ihr Beteuern wiederholen,
Was ich, mein bester Fürst, bereits gelobt:
Das heißt, drei Jahr studierend hier zu leben.
Doch gibts noch andre strenge Observanzen,
Als: keine Frau zu sehn in all der Zeit,
Was, hoff ich sehr, nicht im Verzeichnis steht;
Und einen Tag der Woche nichts zu essen,
Und außerdem nur täglich ein Gericht,
Was, hoff ich, auch nicht im Verzeichnis steht;
Und dann drei Stunden Schlaf nur in der Nacht,
Und keinen Augenblick am Tage schlummern
(Da ich gewohnt, kein Arg zu haben nachts,
Und Nacht zu machen aus dem halben Tage) –
Was, hoff ich sehr, nicht im Verzeichnis steht!
O trocknes Mühn! o allzuschwere Lasten!
Studieren, keine Frau sehn, wachen, fasten!

KÖNIG: Eur Eid gibt auf, dies alles aufzugeben!
BIRON: Ich sage nein, mein Fürst; Ihr müßt vergeben:
Drei Jahr an Euerm Hof zu leben nur
Und mit Euch zu studieren, war mein Schwur!
LONGAVILLE: Der eine Schwur schließt auch die andern ein.
BIRON: Dann schwur ich nur zum Spaß: bei »Ja und Nein!«
Was ist der Zweck des Studiums? Laßt michs wissen!
KÖNIG: Nun, das zu wissen, was wir jetzt nicht wissen.
BIRON: Was unerforschlich ist gemeinem Sinn?
KÖNIG: Das ist des Studiums göttlicher Gewinn!
BIRON: Dann, schwör ich Euch, studier ich andachtsvoll,
Zu wissen das, was ich nicht wissen soll,
Als: wo ich mag ein leckres Mahl erspähn,
Da uns zum Fasten unser Eid verpflichtet;
Und wo ich kann ein hübsches Mädchen sehn,
Seit auf der Schönen Anblick wir verzichtet;
Oder, wie man zu harten Eid umgehe,
Daß man ihn brech und doch die Treu bestehe! ...
Wenn *dies* der Studien Ziel und edler Preis,
Dann lehrt mich Studium, was ich noch nicht weiß,
Dann schwör ich gern, gelob Euch allen Fleiß!
KÖNIG: *Der* Anstoß eben hemmt, wenn man studiert,
Der unsern Geist zu eitler Lust verführt.
BIRON: Eitel ist jede Lust, am meisten, die –
Mit Müh erwerbend – nichts erwirbt als Müh;
Als, mühevoll den Geist zum Buch gewendet,
Suchend der Wahrheit Licht: Wahrheit indessen
Hat täuschend schon des Auges Blick geblendet –
Licht suchend hat das Licht des Lichts vergessen;

Und statt zu spähn, wo Licht im Finstern funkelt,
Erlosch dein Licht: Nacht hat dein Aug umdunkelt!
Studiert vielmehr, was Euer Aug entzücke,
Indem Ihrs auf ein schönres Auge wendet,
Das – blendend uns – zugleich mit Trost erquicke,
Und, raubt es Licht, uns neue Sehkraft spendet!
Studium vergleich ich mit dem Strahl der Sonnen:
Kein frecher Blick darf ihren Glanz ergründen!
Was hat solch armer Grübler sich gewonnen,
Als Satzung, die in fremden Buch zu finden? –
Die »ird'schen Paten«, die im Himmelsheer,
Gevattern gleich, jedweden Stern benennen –
Erfreun sie sich der hellen Nächte mehr,
Als die umhergehn und nicht *einen* kennen? …
Allzuviel wissen heißt mit Worten kramen,
Und jeglicher Gevatter kann – benamen!

KÖNIG: Ei, wie belesen er aufs Lesen wütet!
DUMAIN: Wie rasch fortschreitend er das Gehn verbietet!
LONGAVILLE: Er will das Korn getilgt, Unkraut behütet!
BIRON: Der Lenz ist nah, wenn Gans und Ente brütet.
DUMAIN: Wie paßt sich das?
BIRON: Es paßt für Zeit und Ort.
DUMAIN: Nicht für den Sinn! –
BIRON: So reimte doch das Wort.
LONGAVILLE: Biron ist gleich den neid'schen, frost'gen Win-
Er knickt die ersten Blumen, die entspringen. [den:
BIRON: Und wär ichs? Soll sich Sommer stolz verkünden,
Eh noch ein Vogel Ursach hat zu singen? –
Soll ich unzeitiger Geburt mich freun?

Ich mag um Neujahr Rosen nicht verlangen,
Noch Schnee, wenn Lenz und Mai mit Blüten prangen:
Jegliche Frucht muß Reif' und Zeit erlangen.
So kommt für euch zu spät das Lernen nach;
Ihr wollt zur Haustür klettern übers Dach.

KÖNIG: So scheidet aus, Biron, und geht sofort.

BIRON: Nein, teurer Herr, ich bleib: ich gab mein Wort!
Sprach ich gleich mehr zum Ruhm der Barbarei,
Als für den Engel Weisheit Ihr könnt sagen:
Doch halt ich meinen Eidschwur streng und treu
Und will drei Jahr die Buße täglich tragen!
Zeigt mir das Blatt, und was es auch begehrt –
Dem Härtsten sei die Unterschrift gewährt!

KÖNIG: Solch edle Rückkehr hat dich hoch geehrt.

BIRON *(liest)*: »*Item*, daß kein Weib unserm Hof auf eine Meile nahekommen dürfe.« ... Ist dies bekanntgemacht? ...

LONGAVILLE: Schon seit vier Tagen.

BIRON: Und welche Strafe steht darauf? *(Liest:)*
»Bei Verlust ihrer Zunge.« ... Ei, wer gab den Bescheid?

LONGAVILLE: Ich selber schrieb ihn heut.

BIRON: Und wozu so viel Leid?

LONGAVILLE: Zu schrecken durch der Strafe Furchtbarkeit!

BIRON: Ein arg Gesetz doch für die Höflichkeit! *(Er liest:)*
»*Item*, sieht man einen Mann in dem Zeitraum von drei Jahren mit einem Weibe sprechen, so soll er so viel öffentliche Schmach erdulden, als der übrige Hof nur immer zu ersinnen vermag.«
Den Punkt, mein Lehnsherr, müßt Ihr selber brechen;

Denn Frankreichs König schickt in unser Land
Die eigne Tochter her, mit Euch zu sprechen:
Durch seltnen Reiz und Hoheit weltbekannt!
Für ihren Vater, alt, gelähmt und kränklich,
Fragt sie um Aquitaniens Räumung an;
Drum scheint der Punkt umsonst mir und bedenklich.
Dafern sie nicht den Weg umsonst getan!
KÖNIG: Wie nur der Umstand uns so ganz entfiel!
BIRON: So schießt das Studium immer übers Ziel:
Weil es studiert, zu haschen, was es wollte,
Vergaß es auszurichten, was es sollte;
Und hat es nun, worauf es lang gesonnen,
Ists, wie im Sturm gewonnen, so zerronnen!
KÖNIG: Dann freilich sind zur Ändrung wir gezwungen,
Denn hier verweilen muß sie notgedrungen!
BIRON: Und all die Eide wird die Not zerbrechen
Dreitausendmal, noch eh drei Jahre schwinden:
Denn jeder Mensch hat angeborne Schwächen,
Die Gnade nur, nicht Kraft kann überwinden!
Drum sei mein Trost, verletz ich das Gebot:
Mich zwang zum Meineid unumgänglich Not!
So steh mein Name deutlich hier gleich allen,
Und wer das kleinste der Gesetze kränkt,
Der sei der ew'gen Schmach anheimgefallen;
Versuchung ist, wie andern, mir verhängt.
Doch hoff ich, schein ich auch verdrossen jetzt,
Von allen brech ich wohl den Eid zuletzt! …
Doch, wird kein Scherz zur Stärkung uns gewährt?
KÖNIG: O ja! Ihr wißt, an unserm Hof verkehrt

Ein Reisender aus Spanien; ein Exempel
Der neusten Mod, in Feinheit wohl belehrt,
Deß Hirn Sentenzen ausprägt wie ein Stempel:
Einer, dem die Musik der eignen Stimme
So süß dünkt als ein überirdisch Tönen;
Das Muster eines Manns, den ihrem Grimme
Unrecht und Recht gewählt, sie zu versöhnen.
Dies Kind der Laune, Don Armado heißt er,
Erzählt mit schwülst'gem, Wort in Mußestunden
Das Tun und Wirken hoher Waffenmeister
Aus Spaniens Glut, im Strom der Zeit entschwunden.
Ich weiß nicht, edle Herrn, wie ihr ihn schätzt,
Doch wahr ist, daß sein Lügen mich ergötzt,
Und daß er meine Sänger mir ersetzt.

BIRON: Armado ist der Mod erlauchter Herr
Und funkelneu von Phras' und seltnem Wort.

LONGAVILLE: Mit ihm soll Schädel uns die Stunden würzen
Und der drei Jahre strenge Zeit verkürzen.

Dumm mit einem Brief und Schädel treten auf.

DUMM: Welches ist des Herzogs eigne Person?

BIRON: Dieser, Freund; was willst?

DUMM: Ich selber präsumiere seine eigne Person, denn ich bin Sr. Hoheit Schersant; aber ich möchte gern seine Person in Fleisch und Blut sehn.

BIRON: Dieser ists.

DUMM: Signor Arma – Arma – empfiehlt Euch! Da ist 'ne Schelmerei im Werk, dieser Brief wird Euch mehr sagen.

SCHÄDEL: Der ganze Unbegriff davon betrifft gleichsam mich!

KÖNIG: Ein Brief von dem glorreichen Armado.

BIRON: Wie niedrig auch der Inhalt, so hoffe ich doch, bei Gott! auf hohe Worte.

LONGAVILLE: Eine hohe Hoffnung auf ein niedriges Fazit; Gott verleihe uns Geduld!

BIRON: Zu hören? oder mit Lachen verschont zu bleiben?

LONGAVILLE: Lässig zu hören und mäßig zu lachen, oder mit beidem verschont zu bleiben.

BIRON: Wohlan, sei es so, wie der Stil uns Anlaß geben wird, die Ernsthaftigkeit mit Stumpf und Stiel auszurotten.

SCHÄDEL: Der Inhalt hin ich, Herr, soweit es die Jacquenetta betrifft. Art, Weise und Grund von der Sache anlangend, so ward ich ertappt, daß es eine Art hatte.

BIRON: Auf welche Weise?

SCHÄDEL: Paarweise.

BIRON: Und auf welchen Grund?

SCHÄDEL: Auf dem Grunde des Parks sitzend, da habt Ihr Art, Grund und Weise, und zwar folgender Weise: Was die Art betrifft, so ists die Art eines Mannes, mit einem Mädel zu reden ... was den Grund ... so gründlich er kann ...

BIRON: Und die folgende Weise?

SCHÄDEL: Nun, die wird sich wohl in meiner Zurechtweisung ausweisen, und Gott schütze das Recht!

KÖNIG: Wollt ihr den Brief mit Aufmerksamkeit anhören?

BIRON: Wie wir delphische Ausrufungen vernehmen würden!

SCHÄDEL: Das glaub ich: Schellfische hört man immer gern ausrufen ...

KÖNIG *(liest)* : »Großer Statthalter, des Firmaments Vizeregent und alleiniger Selbstherrscher Navarras, meiner Seele irdischer Gott und meines Leibes nahrungspendender Patron ...«

SCHÄDEL: Noch kein Wort von Schädel!

KÖNIG: »So ist es ...«

SCHÄDEL: Es kann so sein; aber wenn er sagt, es ist so, so ist er, die Wahrheit zu sagen, nur so so ...

KÖNIG: Friede!

SCHÄDEL: Mit mir und jedem, der nicht fechten mag!

KÖNIG: Kein Wort!

SCHÄDEL: ... von andrer Leute Geheimnissen, das bitt ich mir aus.

KÖNIG: »So ist es: Belagert von der düsterfarbigen Melancholei, empfahl ich den schwarzdrückenden Humor der allerheilsamsten Arznei Deiner gesundheitatmenden Luft, und so wahr ich ein Edelmann bin, entschloß ich mich, zu lustwandeln. Die Zeit wann? um die sechste Stunde, wenn das Vieh am meisten graset, der Vogel am besten pickt und der Mensch sich niedersetzt zu derjenigen Nahrung, welche genannt wird Abendessen. Soviel in Betracht der Zeit *wann*. Nun von dem Grunde *welchen*; auf welchem, meine ich, ich wandelte; selbiger wird benamset Dein Park. Sodann in Betracht des Ortes *wo*; wo, meine ich, ich stieß auf jene obszöne und höchst unzielsetzliche Begebenheit, welche meiner schneeweißen Feder die ebenholzschwarze Tinte entlockt, so du hier betrachtest, schauest, erblickest oder wahrnimmst. Anlangend jedoch den Ort wo: er liegt nordnordost gen Ost von dem westlichen Winkel Deines seltsam geschürzten Gartens; alldaselbst sahe ich jenen staubsinnigen Schäfer, jenen verworfenen Gründling deiner Scherzhaftigkeit ...«

SCHÄDEL: Mich!

KÖNIG: »Jene unpolierte, kenntnisarme Seele ...«

SCHÄDEL: Mich!

KÖNIG: »Jenen armseligen Hintersassen ...«

SCHÄDEL: Immer noch mich!

KÖNIG: »Welcher, soviel ich mich erinnere, geheißen ist Schädel ...«

SCHÄDEL: Hoho! mich selbst!

KÖNIG: »Gesellt und vergesellschaftet, entgegen Deinem manifestierten, proklamierten Edikt und oktroyierten Statut, mit ... mit ... o mit ... aber es erschüttert mich, zu sagen, womit ...«

SCHÄDEL: Mit einem Weibsbilde!

KÖNIG: »... mit einem Kinde unserer Ahnfrau Eva, einem weiblichen Gebilde; oder, geeigneter Deinem lieblichen Verständnis: einem Mägdlein! Diesen (wie meine stets bewährte Pflicht mich spornt) sende ich Dir, den Lohn, seine Bestrafung, zu empfahen durch Deiner süßen Hoheit Gerichtsdiener, Antonius Dumm, einen Mann von gutem Ruf, Betragen, Verhalten und Ansehn.«

DUMM: Mich, mit Euer Gnaden Vergunst; ich bin Anton Dumm.

KÖNIG: »Jacquenetta betreffend – so ist das schwächere Gefäß geheißen, welche ich überraschte mit vorbemeldetem Kerl: so bewahre ich selbige als ein Gefäß für Deines Gesetzes Furie, und soll sie auf den geringsten Wink Deines holden Wohlmeinens zum Gerichte geführt werden. Der

Deine in allen Erfüllungen dahingegebener und herzbrennender Glut des Diensteifers:
Don Adriano de Armado.«

BIRON: Dies ist nicht so gut, als ich erwartete, aber das Beste, das ich je gehört.

KÖNIG: Jawohl, das Beste im Schlechtesten. Aber Ihr da, mein Freund, was sagt Ihr dazu?

SCHÄDEL: Herr, ich bekenne das Mädel.

KÖNIG: Hörtet Ihr nicht die Kundmachung?

SCHÄDEL: Ich bekenne, daß ich viel davon gehört, aber wenig darauf achtgegeben habe.

KÖNIG: Es ward kundgemacht: ein Jahr Gefängnis, wenn einer mit einem Weibe ertappt wird!

SCHÄDEL: Ich ward auch mit keinem ertappt, Herr, ich ward ertappt mit einer Mamsell!

KÖNIG: Gut, es ward kundgemacht, Demoiselle!

SCHÄDEL: Es war auch keine Mamsell, gnädiger Herr; sie war eine Jungfrau!

KÖNIG: Auch das war in dem Gesetz enthalten, es ward kundgemacht, Jungfrau.

SCHÄDEL: Wenn das ist, so leugne ich ihre Jungfrauschaft, ich ward ertappt mit einem Mädel.

KÖNIG: Dies Mädel wird Euch zu nichts helfen, Freund.

SCHÄDEL: Dies Mädel wird mir doch zu etwas helfen, Herr!

KÖNIG: Ich will dein Urteil sprechen, Bursch: du sollst eine Woche bei Wasser und Brot fasten!

SCHÄDEL: Lieber hätte ich einen Monat bei Schöpsenfleisch und Suppe gebetet.

KÖNIG: Und Don Armado soll dein Wächter sein:
Mylord Biron, laßt ihn ihm überliefern;

Und gehn wir, Herrn, damit ein jeder tut,
Was er den andern hier so fest beschworen!

BIRON: Ich setze meinen Kopf an Euern Hut:
In Spott und Schmach gehn Eid und Spruch verloren! –
Komm mit, Gesell!

SCHÄDEL: Ich leide für die Wahrheit, Herr; denn es ist wahr, ich ward mit Jacquenetta ertappt, und Jacquenetta ist eine wahrhafte Dirne; und deshalb, willkommen du bittrer Kelch der Glückseligkeit! … Die Trübsal wird eines Tages wieder lächeln, und bis dahin, setze dich nieder, Kummer! …

Sie gehn ab

Zweite Szene

Ebenda

Es treten auf Armado und Motte

ARMADO: Was bedeutet es, Kind, wenn ein Mann von hohem Geist schwermütig wird?

MOTTE: Eine große Vorbedeutung, Herr, daß er melancholisch aussehn wird!

ARMADO: Nein, Melancholie ist ja damit eins und dasselbe, teures Pfropfreis!

MOTTE: Nein, nein, o bei Leibe, nein!

ARMADO: Wie unterscheidest du wohl Schwermut und Melancholie, mein zarter Juvenil?

MOTTE: Durch eine faßliche Demonstration ihrer Wirkungen, mein zäher Sennor!

ARMADO: Warum zäher Sennor? Warum zäher Sennor?

MOTTE: Warum zarter Juvenil? Warum zarter Juvenil?

ARMADO: Ich wähle dieses, zarter Juvenil, als ein kongruentes Epitheton, anfügsam deinen jungen Tagen, welche wir treffend nennen: zart!

MOTTE: Und ich, zäher Sennor, als einen passenden Titel für Eure alten Jahre, welche wir mit Recht nennen: zäh!

ARMADO: Artig und geschickt!

MOTTE: Wie meint Ihr, Herr: ich artig und meine Rede geschickt oder ich geschickt und meine Rede artig?

ARMADO: Du artig, weil klein.

MOTTE: Kleinartig, weil klein. Und warum geschickt?

ARMADO: Und deshalb geschickt, weil schnell.

MOTTE: Sprecht Ihr dies zu meinem Lobe, Herr?

ARMADO: Zu deinem verdienten Lobe.

MOTTE: Ich will einen Aal mit demselben Lobe loben.

ARMADO: Wie? daß ein Aal sinnreich ist?

MOTTE: Daß ein Aal schnell ist.

ARMADO: Ich sage, du bist schnell im Antworten: du erhitzest mein Blut!

MOTTE: Nun habe ich meine Antwort, Herr.

ARMADO: Ich liebe nicht, gekreuzt zu werden.

MOTTE *(beiseit)*: Umgekehrt: ihn lieben die Kreuzer nicht!

ARMADO: Ich habe versprochen, drei Jahre mit dem König zu studieren.

MOTTE: Das könnt Ihr in einer Stunde tun.

ARMADO: Unmöglich!

MOTTE: Wieviel ist eins dreimal genommen?

ARMADO: Ich bin schwach im Rechnen; es ziemt dem Geiste eines Bierzapfers.

MOTTE: Ihr seid ein Edelmann und ein Spieler, Herr.

ARMADO: Ich gestehe beides: beides ist der Firnis eines vollendeten Mannes.

MOTTE: So wißt Ihr denn auch sicherlich, auf wieviel sich die hohe Summe von Daus und As beläuft.

ARMADO: Sie beläuft sich auf eins mehr denn zwei.

MOTTE: Und das nennt der gemeine Pöbel drei!

ARMADO: Recht!

MOTTE: Nun, ist denn das so mühsames Studium? Drei waren hier ausstudiert, eh Ihr dreimal mit den Augen blinzt: und wie leicht man das Wort Jahre zu dem Wort drei fügen und drei Jahre in zwei Worten studieren kann, das zählt Euch das Kunstpferd vor!

ARMADO: Eine hübsche Figur!

MOTTE *(beiseit)*: Hübscher als Eure kann sie leicht sein!

ARMADO: Ich will überdem gestehn, daß ich in Liebe bin; und welcherlei Gestalt es niedrig ist für einen Soldaten, zu lieben, also auch bin ich in Liebe eines niedrigen Mägdleins. Wenn mein Schwert zu ziehen gegen den Kummer der Leidenschaft mich befreien könnte von dieser gottvergeßnen Gesinnung, so würde ich das Verlangen gefangennehmen und es einem französischen Hofmann gegen ein neuersonnenes Kompliment auswechseln. Ich halte es für schimpflich zu seufzen; mich dünkt, ich sollte dem Cupido abschwören. Sprich mir Trost ein, Kind: welche große Männer sind in Liebe gewesen?

MOTTE: Herkules, Herr.

ARMADO: Holdseliger Herkules! Mehr Autoritäten, teurer Knabe, nenne ihrer mehr; und, mein holdseliges Kind, lasse sie Männer von gutem Ruf und stattlichem Betragen sein!

MOTTE: Simson, Herr: der war ein Mann von gutem Betragen, großem Betragen, denn er trug die Stadttore auf seinem Rücken wie ein Lastträger; und der war in Liebe.

ARMADO: O wohlgefügter Simson! Stämmig gegliederter Simson! Ich übertreffe dich mit meinem Rapier so sehr, als du mich im Tortragen übertrafest. Auch ich bin in Liebe. Wer war Simsons Geliebte, mein teurer Motte?

MOTTE: Ein Weib, Herr!

ARMADO: Von welcher Komplexion?

MOTTE: Von allen vieren, oder dreien, oder zweien; oder von einer unter den vieren.

ARMADO: Sage mir ausdrücklich, von welcher Komplexion?

MOTTE: Von der meergrünen, Herr!

ARMADO: Ist das eine der vier Komplexionen?

MOTTE: So wie ich gelesen habe, Herr, und noch dazu die beste.

ARMADO: Grün, in der Tat, ist die Farbe der Liebenden; aber eine Geliebte von *der* Farbe zu haben, dazu, dünkt mich, hatte Simson nur wenig Ursache. Ohne Zweifel hatte er wegen ihres Witzes Zärtlichkeit für sie?

MOTTE: So ist es, Herr, denn sie hatte einen grünen Witz.

ARMADO: Meine Geliebte ist höchst makellos rot und weiß.

MOTTE: Höchst makelvolle Gedanken, Herr, sind unter dieser Farbe maskiert!

ARMADO: Erkläre, erkläre dich, wohlgezogenes Kindlein.

MOTTE: Meines Vaters Witz und meiner Mutter Zunge, steht mir bei!

ARMADO: Anmutige Anrufung für ein Kind; sehr artig und pathetisch!

MOTTE: Wenn rot und weiß die Mädchen blühn,
Hat Sünde nie ein Zeichen;
Sonst macht ein Fehltritt sie erglühn,
Die Furcht wie Schnee erbleichen,
Was Schuld sei oder Schrecken nur,
Wer möcht es unterscheiden,
Wenn ihre Wange von Natur
Die Farbe trägt der beiden?

Ein gefährlicher Reim, Herr, gegen Weiß und Rot!

ARMADO: Gibts nicht eine Ballade, Kind, vom König und der Bettlerin?

MOTTE: Vor einigen Menschenaltern hatte sich die Welt mit einer solchen Ballade versündigt; aber ich glaube, man findet sie jetzt nicht mehr, oder wenn sie noch da wäre, sind weder Text noch Melodie zu gebrauchen.

ARMADO: Ich will diesen Gegenstand von neuem bearbeiten lassen, damit ich ein Beispiel habe für meine Abirrung an einem erhabenen Vorgänger. Knabe, ich liebe das Landmädchen, welches ich im Park mit dem vernunftbegabten Tiere Schädel ergriff; sie kann Ansprüche machen ...

MOTTE *(beiseit)*: Aufs Zuchthaus! Und mit alledem auf einen bessern Liebhaber als meinen Herrn!

ARMADO: Singe, Knabe, mein Gemüte wird schwermütig vor Liebe ...

MOTTE: Und das ist ein großes Wunder, da Ihr ein leichtfertiges Mädchen liebt!

ARMADO: Singe, sage ich!

MOTTE: Geduld, bis die Gesellschaft fort ist.

Dumm, Schädel und Jacquenetta treten auf

DUMM: Herr, des Herzogs Wille ist, daß Ihr Schädel in Sicherheit bringt; Ihr sollt ihm keine Freude, aber auch kein Leid verursachen, aber fasten soll er, drei Tage in der Woche lang. Diese Jungfer muß ich in den Park bringen unter die Milchmädchen. Lebt wohl!

ARMADO: Ich verrate mich selbst durch Erröten! ... Mädchen!

JACQUENETTA: Männel!

ARMADO: Ich will dich in deinem Milchkeller besuchen.

JACQUENETTA: Krumm um die Ecke!

ARMADO: Ich weiß, wo er gelegen ist.

JACQUENETTA: Herrje, wie klug er ist!

ARMADO: Ich will dir Wunder sagen.

JACQUENETTA: Ja, Plunder!

ARMADO: Ich liebe dich!

JACQUENETTA: Das sind alte Kalender.

ARMADO: Und so gehab dich wohl!

JACQUENETTA: Prost die Mahlzeit.

DUMM: Komm, Jacquenetta, fort!

Dumm und Jacquenetta gehn ab

ARMADO: Bösewicht, du sollst fasten für deine Vergehungen, bevor dir verziehen wird.

SCHÄDEL: Gut, Herr; ich hoffe, wenn ichs tue, werde ichs mit vollem Magen tun.

ARMADO: Du sollst schwer bestraft werden!

SCHÄDEL: So bin ich Euch mehr verbunden, als Eure Leute, denn die werden nur leicht belohnt.

ARMADO: Hinweg mit diesem Bösewicht, sperrt ihn ein!

MOTTE: Komm, du übertretender Sklav, komm!

SCHÄDEL: Faßt mich nur nicht an! Ich will gefaßt sein zu fasten, wenn Ihr mich los laßt.

MOTTE: Los und gefaßt zugleich? Mein Freund, du mußt ins Gefängnis.

SCHÄDEL: Gut! Wenn ich je die fröhlichen Tage der Verzweiflung wiedersehe, die ich gesehn habe, so sollen gewisse Leute sehn ...

MOTTE: Was sollen gewisse Leute sehn?

SCHÄDEL: Nichts, gar nichts, Junker Motte, als was sie erblicken werden. Es schickt sich für Gefangne nicht, in ihren Reden still zu schweigen, und deswegen will ich nichts sagen. Gott seis gedankt, ich habe nicht mehr Geduld als andre Leute; und darum kann ich ruhig sein!

Motte und Schädel ab

ARMADO: Ja, ich verehre selbst den Boden (welcher niedrig), wo ihr Schuh (welcher niedriger) – geführt von ihrem Fuß (welcher am niedrigsten) – einhertritt. Ich werde meineidig (welches doch ein großer Beweis von Treulosigkeit), wenn ich liebe: und wie kann das echte Lieben sein, welches mit Untreue begonnen wird? Liebe ist ein Kobold; Liebe ist ein Teufel, es gibt keinen bösen Engel als die Liebe! Dennoch ward Simson so versucht, und er besaß eine ausnehmende Stärke, dennoch ward Salomo so verführt, und er besaß einen ziemlichen Verstand. Cupidos Pfeil ist zu stark für Herkules' Keule; wie sollte er dann nicht meiner spanischen Klinge überlegen sein? Der erste und zweite Ausforderungsgrund können mir nicht helfen: den *passado* achtet er nicht, das *duello* erkennt er nicht an. Sein Schimpf ist, Knabe genannt zu werden; sein Triumph dagegen, Männer zu unterjochen. Fahr hin, Tapferkeit! Roste, meine Klinge! Schweige, Trommel! Denn euer Gebieter ist in Liebe: ja, er liebet! Helfe mir irgendein improvisierender Gott des Reims, denn zweifelsohne wird aus mir ein Sonettendichter! Erfinde, Witz; schreibe, Feder; denn ich bin gestimmt für ganze Bände in Folio!

Er geht ab

Zweiter Akt

Erste Szene

Im Park

Es treten auf die Prinzessin von Frankreich, Rosaline, Maria, Katharine, Boyet, Lords und Gefolge

BOYET: Nun, Fürstin, regt die feinsten Geister auf –
Denkt, wen der König, Euer Vater sendet,
Zu wem er sendet, was sein Auftrag sei:
Ihr, kostbar in den Augen aller Welt
Sollt unterhandeln mit dem einz'gen Erben
Jeglichen Vorzugs, deß ein Mann sich rühmt:
Navarras Stolz! Und das Gesuch nichts minder
Als Aquitanien: einer Kön'gin Mitgift!
Verschwendet nun so allen Zauberreiz
Wie einst Natur den Reiz verschwendete,
Als sie der ganzen Welt ihn vorenthielt,
Um überreich nur Euch damit zu schmücken!
PRINZESSIN: Wie arm, Lord Boyet, meine Schönheit sei,
Braucht sie doch nicht der Schminke Eures Lobes.
Schönheit wird nur vom Kennerblick gekauft,
Nicht angebracht durch des Verkäufers Prahlen.
Ich höre minder stolz mein Lob Euch künden,
Als Ihr Euch vordrängt, weise zu erscheinen

Und Euern Witz, mich rühmend, auszuspenden.
Doch nun dem Mahner zur Ermahnung: Ihr,
Freund Boyet, wißt, wie der geschwätz'ge Ruf
Verbreitet, daß Navarra sich verpflichtet,
Eh mühvoll Studium nicht drei Jahr verzehrt,
Soll keine Frau dem stillen Hofe nahn.
Deshalb scheint uns notwend'ge Vorbereitung,
Eh wir betreten sein verbotnes Tor,
Zu hören seinen Willen. Und deshalb
Erlasen wir, wohlkundig Eures Werts
Euch als beredten Anwalt unsrer Bitte:
Sagt ihm, die königliche Tochter Frankreichs
In ernstem, Eile forderndem Geschäft
Müß ein Gespräch mit Seiner Hoheit heischen!
Eilt, ihm dies mitzuteilen; wir erwarten,
Klienten gleich, in Demut seinen Ausspruch.

BOYET: Stolz Eures Auftrags geh ich willig, Teure!

PRINZESSIN: Nur will'ger Stolz ist Stolz, so auch der Eure!

Boyet ab

Wer sind, ihr lieben Herrn, die Schwurgenossen,
Die mit dem frommen König dies gelobt?

EIN LORD: Der ein' ist Longaville.

PRINZESSIN *(zu den Damen)*: Kennt *ihr* den Mann?

MARIA: Ich kenn ihn wohl: auf einem Hochzeitsfest,
Wo dem Lord Perigord die schöne Erbin
Des Jakob Faulconbridge ward anvermählt,
Sah in der Normandie ich Longaville:
Man rühmt ihn einen Mann von edlen Gaben,
Gar hochgelehrt, in Waffen hochgepriesen;

Nichts steht ihm schlecht, was er mit Ernst versucht.
Der ein'zge Fleck in seiner Tugend Glanz
(Kann je ein Fleck den Glanz der Tugend trüben)
Ist kecker Witz mit allzudreistem Willen;
Er schneidet scharf und will mit Willen keinen
Verschonen, der in seine Macht geriet.

PRINZESSIN: Ein lust'ger Spötter also, nicht, mein Kind?

MARIA: Wer meist ihn kennt, hält meist ihn so gesinnt.

PRINZESSIN: Witz, schnell geboren, wächst und
welkt geschwind! Wer sind die andern?

KATHARINE: Dumain, ein wohlerzogner junger Mann:
Wer Tugend liebt, muß ihn um Tugend lieben;
Zu schaden kräftig, doch dem Bösen fremd:
Denn er hat Witz, selbst Unform zu verschönen,
Und Schönheit, die auch ohne Witz bestäche!
Ich sah ihn einst beim Herzog Alençon,
Und zu gering, dem, was ich sah, verglichen,
Ist diese Schildrung seines hohen Werts.

ROSALINE: Noch einer dieser Akademiker
War dort mit ihm, sofern ich recht vernahm:
Biron genannt; mit einem lust'gern Mann
(Doch in den Grenzen wohlanständ'gen Scherzes)
Hab ich noch nie ein Stündchen weggeschwatzt!
Sein Aug erzeugt Gelegenheit für Witz;
Denn jeglich Ding, das jenes nur erfaßt,
Verwandelt dieser gleich in heitern Scherz,
Den die gewandte Zunge, seines Scharfsinns
Auslegerin, so fein und artig formt,
Daß selbst das Alter seinem Schwatzen horcht

Und Jugend ganz von ihm bezaubert wird:
So hold und leicht beschwingt ist sein Gespräch.
PRINZESSIN: Gott helf euch! Seid ihr alle denn verliebt,
Daß jede so den Ihren hat geschmückt
Mit solchem Farbenaufwand prächt'gen Lobes? –

Boyet kommt zurück

MARIA: Hier kommt Boyet.
PRINZESSIN: Nun sagt, was für Empfang?
BOYET: Navarra weißt von Eurer Hoheit Nähe,
Und er, samt den Genossen seines Eides,
Sie waren all Euch zu empfahn bereit,
Bevor ich kam. Soviel hab ich gehört:
Er läßt Euch lieber hier im Felde wohnen,
Als kämt Ihr, zu belagern seinen Hof,
Eh er Entbindung sucht von seinem Eid
Und Euch herbergt in seinem öden Hause.
Hier kommt Navarra.

Der König, Longaville, Biron und Dumain treten auf

KÖNIG: Willkomm'n am Hof Navarras, schöne Fürstin.
PRINZESSIN: Schön geb ich Euch zurück, und Willkommen hab ich noch nicht. Das Gewölbe dieses Hofs ist zu hoch, um das Eure zu sein, und ein Willkommen auf offnem Felde zu niedrig, um mir zu geziemen.
KÖNIG: Ihr sollt willkommen sein an meinem Hof!
PRINZESSIN: Ich wills denn sein: geleitet mich dahin.
KÖNIG: Hört mich nur an: bei Gott hab ich geschworen ...
PRINZESSIN: So helf Euch Gott, denn Ihr habt falsch ge-[schworen!
KÖNIG: Nicht um die Welt, bei meinem Willen, Fürstin!

PRINZESSIN: Nun, Wille bricht ihn, Will, und anders nichts.
KÖNIG: Eur Hoheit ist unwissend seines Inhalts.
PRINZESSIN: Und wärt Ihr so, wärt Ihr unwissend weise,
Da Kenntnis jetzt Unwissenheit verrät.
Ich hör, mein Fürst verschwur es, hauszuhalten;
Todsünde ists, den Eid zu halten, Fürst,
Und Sünde, ihn zu brechen.
Allein verzeiht! Zu bald erschein ich kühn;
Den Lehrer lehren wollen, ziemt mir schlecht.
Geruht zu lesen, weshalb ich gekommen,
überreicht ein Schriftstück
Und schnelle Antwort gebt auf mein Gesuch.
KÖNIG: Das will ich, wenn es kann so schnell geschehn.
PRINZESSIN: Ihr tuts so schneller, daß ich nur mag gehn –
Mein Bleiben kann nicht mit dem Eid bestehn!
König liest
BIRON: Tanzt ich mit Euch nicht in Brabant einmal?
ROSALINE: Tanzt ich mit Euch nicht in Brabant einmal?
BIRON: Ja, ganz gewiß.
ROSALINE: Wie überflüssig dann
Die Frag an mich!
BIRON: O seid doch nicht so rasch!
ROSALINE: Ihr habt mit solchen Fragen mich gespornt!
BIRON: Eur Witz rennt allzuscharf: Ihr jagt ihn stumpf!
ROSALINE: Nicht bis er ließ den Reiter in dem Sumpf!
BIRON: Was hat die Uhr geschlagen?
ROSALINE: Die Stunde, wo Narren fragen!
BIRON: Beglückt solch Maskentragen!
ROSALINE: Glück den Gesichtern drunter!

BIRON: Gott send Euch Freier munter!
ROSALINE: Amen, und beßre als Euch!
BIRON: Dann geh ich lieber gleich! …
KÖNIG: Prinzessin, Euer Vater nennt uns hier
Die Zahlung von einhunderttausend Kronen,
Was nur die Hälfte jener ganzen Summe,
So ihm mein Vater vorschoß für den Krieg.
Doch setzt, er oder ich – was nie geschah –
Empfing dies Geld, so bleibt doch unbezahlt
Einhunderttausend noch, wofür als Pfand
Ein Teil von Aquitanien mir haftet,
Obschon es nicht der Summe Wert beträgt.
Will denn Eur Vater uns zurückerstatten
Nur jene Hälfte, die uns noch gebührt,
So lassen wir ihm Aquitanien gern
Und bleiben Freund mit seiner Majestät.
Doch dazu, scheint es, hat er wenig Lust;
Denn hier verlangt er wiederum die Zahlung
Der hunderttausend Kronen und entsagt,
Nach Zahlung jener hunderttausend Kronen,
All seinem Recht auf Aquitaniens Herrschaft,
Das ich weit lieber aus den Händen gäbe,
Und nähme, was mein Vater vorgestreckt,
Als Aquitanien, so erschöpft es ist.
Wär seine Fordrung nicht so fern, o Fürstin,
Von billiger Willfahrung – Eurer Schönheit
Willfahrte mehr als billig wohl mein Herz,
Daß Ihr vergnügt nach Frankreich wiederkehrtet!
PRINZESSIN: Ihr tut dem König, meinem Vater, Unrecht
Und Unrecht Eures Namens würd'gem Ruf,

Wenn Ihr beharrt, zu leugnen den Empfang
Von dem, was doch so treulich ward gezahlt.
KÖNIG: Ich schwöre, daß ich nie davon gehört;
Beweist Ihr mirs, so zahl ich Euch: wo nicht,
Ist Aquitanien Eur.
PRINZESSIN: Es bleibt beim Wort.
Boyet, Ihr könnt die Quittungen ihm zeigen
Für jene Summe, von den Staatsbeamten
Karls, seines Vaters.
KÖNIG: Stellt mich so zufrieden.
BOYET: Erlaubt, Eur Hoheit, das Paket blieb aus,
Das dies und andre Dokument enthält;
Auf morgen wird Euch alles vorgelegt.
KÖNIG: Der Augenschein, o Fürstin, soll genügen;
Ich will mich allen bill'gen Gründen fügen.
Indeß empfange solcherlei Willkommen,
Wie Ehre, sonder Bruch der Ehr, ihn darf
Anbieten deiner edlen Würdigkeit.
Ich kann, o Schönste, nicht mein Tor dir öffnen,
Doch draußen sollst du so empfangen werden,
Daß du im Herzen mir zu wohnen denkst,
Obschon ich dir des Hauses Gastrecht weigre!
Dein edler Sinn entschuld'ge mich, leb wohl!
Wir werden morgen wieder dich besuchen.
PRINZESSIN: Wohlsein und Heil begleit Eur Majestät!
KÖNIG: Dir wünsch ich, was dein eigner Wunsch erfleht.

Ab mit Gefolge

BIRON: Euch, Dam, empfehl ich meinem eignen Herzen.
ROSALINE: Ich bitt Euch, Herr, bestellt ihm mein Empfehlen:
Ich säh es gern einmal.
BIRON: Ich wollt, Ihr hörtets ächzen.
ROSALINE: Ists Närrchen krank?
BIRON: Von Herzen krank.
ROSALINE: Ei, laßt ihm Blut!
BIRON: Wär das ihm gut?
ROSALINE: Meine Heilkunst sagt, es tauge.
BIRON: So stichs mit deinem Auge.
ROSALINE: *Non point!* Mit dem Messer!
BIRON: Gott mache dich besser!
ROSALINE: Dich mach er vernünftig!
BIRON: Den Dank sag ich künftig.
DUMAIN: Mein Herr, ein einz'ges Wort: sagt an, wer ist die [Dame?
BOYET: Die Erbin Alençons, und Katharin ihr Name.
DUMAIN: Sehr reizend ist sie. Nun, mein Herr, lebt wohl!

Ab

LONGAVILLE: Laßt um ein Wort Euch bitten: wer ist in Weiß [die da?
BOYET: Manchmal ein Frauenzimmer, wenn man bei Licht sie [sah.
LONGAVILLE: Vielleicht bei Lichte leicht; nur ihren Namen [will ich.
BOYET: Sie hat nur einen für sich: den wollen, wär nicht [billig.
LONGAVILLE: Ich bitte, wessen Tochter?
BOYET: Ihrer Mutter, wie man sagt.

LONGAVILLE: Was so ein Bart nicht wagt!
BOYET: Lieber Herr, nur nicht so wild;
Erbin des Faulconbridge.
LONGAVILLE: Nun ist mein Zorn gestillt.
Sie zeigt sehr schönen Anstand.
BOYET: Wie's auch schon mancher Mann fand.

Longaville ab

BIRON: Wie heißt in der Mütze die?
BOYET: Rosaline, Gott schütze sie!
BIRON: Ist sie vermählt oder nicht?
BOYET: Wie just die Laune sie sticht.
BIRON: Willkommen, mein Herr, lebt wohl zugleich!
BOYET: Lebt wohl, für mich; willkommen für Euch.

Biron ab

MARIA: Der letzte ist Biron, der tolle, lust'ge Lord:
Kein Wort, das nicht ein Scherz!
BOYET: Und jeder Scherz nur ein Wort!
PRINZESSIN: Drum war es gut getan, als Ihr ihn faßtet beim [Wort.
BOYET: Ich war so rasch zu entern, als er zu nahn dem Bord.
MARIA: Zwei tapfre Schafe, wahrlich!
BOYET: Nein, Schiffe, meine Beste!
Nur Schafe, Lamm, sind wir auf deinen Lippen Gäste!
MARIA: Ihr Schaf und ich die Weide: endigt der Spaß nun hier?
BOYET: Wenn Ihr mir zu weiden erlaubt.

Will sie küssen

MARIA: Nicht so, mein zartes Tier:
Meine Lippen sind kein Gemeinfeld, wenngleich offen [Revier!

BOYET: Und wem denn zugehörig?
MARIA: Nun, meinem Glück und mir!
PRINZESSIN: Die Witz'gen lieben Zank; doch sei der Streit [geendet:
Der Bürgerkrieg des Witzes ist besser angewendet
Auf Navarras Bücherhelden! Hier wär er nur ver- [schwendet!
BOYET: Wenn meine Seherkunst, und diese irrt wohl nicht,
Des Herzens stumme Rhetorik, die aus den Augen spricht,
Mir richtig deutete: versank Navarras Mut ...
PRINZESSIN: In was?
BOYET: Ei nun, wir Kenner betiteln's Liebesglut.
PRINZESSIN: Eur Grund?
BOYET: Zum Hofhalt seines Auges entflohn Gebärd und Sin- [nen
Und schauten durchs Verlangen aus dem Verstecke drin- [nen.
Sein Herz glich einem Achat, auf den Eur Bild gedrückt;
Stolz glüht' in seinem Auge, er trug Eur Siegel entzückt.
Die Zunge ganz erzürnt zu reden, statt zu sehn,
Sie stolpert' übereilt und möcht im Auge stehn;
Zum Sinn des Auges drängte der andern Sinne Gewühl –
Die Schönste der Schönen zu sehn, das war ihr einzig [Gefühl!
Sein Auge, wie ein Schrein, dünkt mich, umschloß sie alle,
Wie man dem Fürsten beut Juwelen im Kristalle,
Der, nicht durchs Glas bestochen, der Steine Wert erspäht
Und sie zu kaufen winkt, wie er vorübergeht.
Auf seiner Stirne Rand las ich in klaren Lettern

Der Glosse Schrift: er schien Euch schauend zu vergöttern.
Ich bürg Euch Aquitanien und seines Reichs Genuß,
Gebt Ihr um meinetwillen ihm einen lieblichen Kuß.

PRINZESSIN: Kommt, gehn wir in unser Zelt, Boyet ist aufge- [weckt ...

BOYET: ... nur das in Worte zu fassen, was längst sein Aug [entdeckt.
Ich wußte seinem Auge den Mund hinzuzufügen,
Und lieh der Zunge Worte, die – glaubt mir fest – nicht [lügen!

PRINZESSIN: Dich alten Liebeshändler wird keiner leicht be- [trügen!

MARIA: Er ist Amors Großvater, der muß ihm alles ent- [decken.

ROSALINE: Dann gleicht Venus der Mutter; ihr Vater ist zum [Erschrecken.

BOYET: Hört ihr, ihr tollen Dirnen?

MARIA: Nein.

BOYET: Könnt ihr auch nicht sehn?

ROSALINE: O ja, den Weg nach Hause.

BOYET: Ihr mögt in Frieden gehn!

Alle ab

Dritter Akt

Erste Szene

Park

Armado und Motte treten auf

ARMADO: Trillre, mein Kind: affiziere mir den Sinn des Gehörs!

MOTTE *(singt)*: *Con – co – li – nel …*

ARMADO: Süße Weise! … Geh, Zartheit der Jahre: nimm diesen Schlüssel, gib dem Kerl Entfeßlung – bring ihn windschnell hieher! Ich bedarf sein wegen eines Briefs an meine Huldin.

MOTTE: Herr, wollt Ihr Eure Huldin mit neumodischen Singweisen und Arien gewinnen?

ARMADO: Wie meinst du? Gibt es Arien, welche weise sind?

MOTTE: Nein, mein vollendeter Gebieter; aber schnellt einen Ton, staccato, von der Spitze Eurer Zunge; vibriert dazu, tremulando, mit Euren Füßen; würzt ihn mit Ausdruck, indem Ihr die Augenlider aufschlagt; seufzt eine Note und singt eine Note: einmal durch die Gurgel, als schlucktet Ihr Liebe, indem Ihr Liebe singt; einmal durch die Nase, als schnupftet Ihr Liebe, indem Ihr Liebe riecht, Euern Hut gleich einem Vordach über den Laden Eurer Augen; die Arme kreuzweis über Euerm dünnen Wamse, wie ein

Kaninchen am Spieß, oder Eure Hände in der Tasche, wie eine Figur auf den alten Bildern! Dabei müßt Ihr nicht zu lange in einer Tonart verweilen, sondern ein Schnippchen, und linksum! Das sind Gaben, das sind Talente, das fängt spröde Mädchen, die sich auch ohnedies fangen ließen: das macht, daß man von den Gemütern, die solches in ihrer Gewalt haben – notierts Euch! – Notiz nimmt!

ARMADO: Womit hast du diese Erfahrung eingekauft?

MOTTE: Für meinen Pfennig der Beobachtung.

ARMADO: Doch o! Doch o! …

MOTTE: *»Vergessen ist das Steckenpferd!«*

ARMADO: Nennst du meine Huldin Steckenpferd?

MOTTE: Nein, Herr, das Steckenpferd ist immer ein rohes Füllen, und Eure Huldin ist vielleicht ein Mietklepper. Aber habt Ihr Eure Huldin vergessen?

ARMADO: Beinahe hätt ichs.

MOTTE: Nachlässiger Student! Lernt sie auswendig!

ARMADO: Ich liebe sie auswendig und inwendig, Knabe.

MOTTE: Und abwendig, Herr: alles beweis ich Euch.

ARMADO: Was willst du beweisen?

MOTTE: Mich, als Mann, wenn ich leben bleibe; und dies Aus-, In- und Abwendig im Augenblick. Auswendig liebt Ihr sie, weil Ihr ihren Namen ohne Anstoß hersagen könnt, inwendig, weil Ihr nicht aus der Haut fahren dürft; und abwendig, weil sie sich von Euch abwendet.

ARMADO: Ich bin in allen diesen drei Fällen.

MOTTE: Und wärt Ihr auch in sechs Fellen, so würdet Ihr in allen Euren Fellen ungefällig bleiben.

ARMADO: Führe mir den Kerl hieher, er soll mir einen Brief überbringen.

MOTTE: Eine sympathetische Botschaft! Ein Pferd als Gesandter eines Esels!

ARMADO: Ha! Was sagst du?

MOTTE: Meiner Treu, Herr, Ihr müßt den Esel auf dem Pferde schicken, denn er ist nur langsam zu Fuß; doch ich gehe.

ARMADO: Der Weg ist nur kurz; hinweg!

MOTTE: So schnell wie Blei, Herr.

ARMADO: Deine Meinung, artiges Ingenium? Blei dünkt mich ein Metall, dumm, schwer und träg zu sein.

MOTTE: *Minime*, edler Sennor, oder wahrlich, Sennor: nein!

ARMADO: Ich sage, Blei ist langsam.

MOTTE: Ihr folgt zu schnell dem Schein;
Ist langsam wohl ein Blei, wenn aus dem
Lauf geschossen?

ARMADO: Ein würdig Rednerblümchen!
Ich also bin das Rohr, die Kugel paßt auf ihn.
Jetzt schieß ich dich auf den Kerl.

MOTTE: Bauz denn, und seht mich fliehn!

Läuft weg

ARMADO: Ein höchst scharfsinn'ger Juvenil, so flink, hat so
[bei der Hand Witz!
Erlaube, liebes Firmament, ich seufze dir in dein Antlitz!
Fahr wohl, o Mut; mein Herz ist jetzt der trüben Schwer
Mein Herold kommt zurück! [mut Landsitz!

Motte kommt mit Schädel zurück

MOTTE: Ein Wunder, Herr! seht 'nen Schädel, der sich zer-
[stieß das Bein!

ARMADO: Ein *aenigma*, ein Rätsel; komm, wie mag der
[*l'envoi* sein?

SCHÄDEL: Nichts da von Nicknamen und Rätseln oder Langfahnen; weg mit Euren Salbenbüchsen, Herr; ach Herr, Wegerich, puren Wegerich! Keine Langfahnen, keine Langfahnen, oder Salben, Herr; nichts als Wegerich!

ARMADO: Bei der Tugend! du erzwingst Gelächter; dein alberner Gedanke meinen Humor; das Schwellen meiner Lunge regt mich an zu verächtlichem Lächeln: o vergebt mir, ihr Gestirne! Hält der Unbedachtsame Salbe für *l'envoi* und das Wort *l'envoi* für Salbe!

MOTTE: Betrachtet der Weise sie etwa anders? Ist nicht *l'envoi* ein salbungsvoller Gruß?

ARMADO: Nein, Page, 's ist ein Epilog, ein Diskurs, der uns [erklärt
Irgendein dunkles Präambulum, das wir zuvor gehört.
Ein Exempel mache dirs klar.
Der Fuchs, der Affe, die Biene klein,
Weils drei sind, mußten sie ungrad sein.
Dies ist die Moral; nun folgt der *l'envoi.*

MOTTE: Ich will den *l'envoi* hinzufügen, sagt Ihr die Moral noch einmal.

ARMADO: Der Fuchs, der Affe, die Biene klein,
Weils drei sind, mußten sie ungrad sein.

MOTTE: Bis dann die Gans kam aus der Tür,
Da wurden sie grad, denn drei ward vier.
Nun will ich mit Eurer Moral anfangen, folgt Ihr mir nach mit meinem *l'envoi.*
Der Fuchs, der Affe, die Biene klein,
Weils drei sind, mußten sie ungrad sein.

ARMADO: Bis dann die Gans kam aus der Tür,
Da wurden sie grad, denn drei ward vier.

MOTTE: Ein erfreulicher *l'envoi*, der sich mit einer Gans endigt. Was könnt Ihr mehr verlangen?

SCHÄDEL: Der Junge hat ihn zum besten mit der Gans, das [wollt ich wetten:
Eur Handel wär nicht schlecht, wärs eine von den fetten!
Braucht wer 'nen pfiffigen Schelm, ei, seht den Kleinen, [der kanns!
Ihr sucht 'nen fetten *l'envoi*? – Er verkauft Euch 'ne fette [Gans.

ARMADO: O wart noch! Wartet noch! Dies Argument, wie [beganns?

MOTTE: Ich erzähl Euch, wie ein Schädel sich heut das Bein geschunden. Drauf rieft Ihr nach dem *l'envoi*.

SCHÄDEL: Jawohl; und ich nach Wegerich: so hat sichs [eingefunden.
Dann kam der fette *l'envoi*, die Gans, die Ihr gekauft;
So endigte der Markt.

ARMADO: Aber erkläre mir, welche Allegorie liegt verborgen unter dem Schädel, welcher sein Bein zerstoßen?

MOTTE: Ich wills Euch auf eine gefühlvolle Weise deutlich [machen.

SCHÄDEL: Du hast kein Gefühl dafür, Motte! diesen *l'envoi* will ich sprechen:
Ich Schädel rannt hinaus, statt ruhig im Hause zu sein,
Und stolpert in der Tür und stieß mich an das Bein.

ARMADO: Wir wollen die Sache ruhen lassen.

SCHÄDEL: Ja, das wird dem Beine wohl bekommen.

ARMADO: Du Schädel, ich will dich emanzipieren!
SCHÄDEL: Ihr wollt mich als Ehmann zitieren? –
Das läuft wohl wieder auf so 'nen *l'envoi* auf eine Gans [hinaus?

ARMADO: Bei meiner zarten Seele, ich meine: dich in Freiheit setzen, deine Person frankieren! Du warst vermauert, gebunden, eingekorkt, verstopft.

SCHÄDEL: Richtig, richtig; und nun wollt Ihr meine Purganz sein und mich loslassen!

ARMADO: Ich schenke dir deine Freiheit, erlöse dich aus der Gebundenheit, und als Gegenleistung lege ich dir nur dieses auf: überreiche gegenwärtiges Sendschreiben dem Landmädchen Jacquenetta. Hier *(gibt ihm Geld)* ist Remuneration: denn die beste Stütze meiner Ehre ist, meine Vasallen zu unterstützen. Motte, folge!

Er geht ab

MOTTE: Wie das X auf das U! Leb wohl, Freund Schädel, du [würdiger Kerl!
SCHÄDEL: Mein süßes Quentchen Mannsfleisch! Spitzbübi- [sche, niedliche Perl!
Nun will ich seine »Remuneration« ansehn. Re-mu-ne-ration? Ach, das ist das lateinische Wort für drei Heller; drei Heller heißt Remuneration? Was kostet der Bindfaden? Einen Pfennig. Nein, ich will Euch eine Remuneration geben; gelt, das klingt? Remuneration? Ei, das lautet viel hübscher als eine französische Krone! Ich will ohne dies Wort nichts wieder einkaufen noch verkaufen!

Biron kommt

BIRON: O mein guter Kerl, Schädel, vortrefflich, daß ich dich finde!

SCHÄDEL: Bitt Euch, Herr, wieviel rotes Band kann man für eine Remuneration kaufen?

BIRON: Was ist eine Remuneration?

SCHÄDEL: Ei je, Herr, anderthalb Pfennig.

BIRON: Nun also, für drei Heller Seide.

SCHÄDEL: Ich danke Eur Gnaden, Gott befohlen!

BIRON: Halt, warte, Mensch, ich muß dich jetzt gebrauchen:
Willst meine Gunst gewinnen, guter Kerl,
So tu ein Ding, um das ich bitten will.

SCHÄDEL: Wann soll es denn geschehn, Herr?

BIRON: O diesen Nachmittag.

SCHÄDEL: Nun gut, ich will es tun; so lebt denn wohl!

BIRON: Du weißt ja noch nicht, was es ist!

SCHÄDEL: Ich werds schon wissen, Herr, wenn ichs getan [habe.

BIRON: Ei, Schlingel, du mußt es vorher wissen.

SCHÄDEL: Ich will morgen früh zu Eur Gnaden kommen.

BIRON: Es muß den Nachmittag geschehn! Hör, Bursch,
Es ist nur dies:
Die Fürstin kommt zur Jagd hier in den Park,
Und eine edle Dame im Gefolge.
Spricht süß ein Mund, so spricht er ihren Namen
Und nennt sie Rosaline! Frag nach ihr,
Und ihrer weißen Hand gib dies Geheimnis
Versiegelt. Hier dein Rekompens; nun geh!

Gibt ihm Geld

SCHÄDEL: »Rekompens« ... o süßer Rekompens! Besser als Remuneration, elftehalb Pfennig besser! Ei, du herziger Rekompens; ich wills tun, Herr, wie gedruckt. Rekompens! Remuneration!

Ab

BIRON: O! Und ich verliebt, seht doch!
Ich, der Cupidos Geißel sonst gewesen!
Ein wahrer Büttel jedem Sehnsuchtsseufzer,
Ein Lästrer, ja, nachtwachender Konstabel,
Ein strenger Schuldespot des armen Knaben,
Kein Sterblicher so überstolz als ich!
Der laun'sche Junge, greinend, blind, verkappt,
Der alt-jung Riesenzwerg, Ritter Cupido,
Sonettenfürst, Herzog gekreuzter Arme,
Gesalbter König aller Ach und O,
Lehnsherr der Tagedieb und Mißvergnügten,
Monarch der Mieder, Schah der Hosenlätze,
Alleiniger Kaiser, großer Feldzeugmeister
Der Liebeshändler! (O mein kleines Herz!):
Ich soll sein Adjutant sein, soll mich kleiden
In seine Farben, wie ein Maientänzer?
Wie? Was? Ich lieb? Ich werb? Ich such ein Weib?
Ein Weib, das einer deutschen Schlaguhr gleicht,
Stets dran zu bessern, ewig aus den Fugen,
die niemals recht geht, wie sie auch sich stellt,
Als wenn man stets sie stellt, damit sie recht geht?
Und was das Schlimmste, noch meineidig werden!
Und just die Schlimmste lieben von den dreien!
Ein muntrer Wicht mit einer samtnen Braue,
Mit zwei Pechkugeln im Gesicht statt Augen;
Und eine wahrlich, die die Tat wird tun,
Und wär ein Argus ihr gesetzt zum Wächter!
Und ach um die nun seufzen, für sie wachen!
Ich für sie beten? ... Gut denn! 's ist 'ne Strafe,

Die Amor mir diktiert für das Verachten
Seiner allmächtig furchtbar kleinen Macht.
Nun wohl! So will
Ich lieben, schreiben, seufzen, ächzen, beten;
Der liebt das Fräulein, jener schwärmt für Greten!

Ab

Vierter Akt

Erste Szene

Park

Es treten auf die Prinzessin, Rosaline, Maria, Katharine, Boyet, Lords, Gefolge, ein Förster

PRINZESSIN: War das der König, der sein Pferd so scharf
Die jähe Höh des Hügels spornt hinan?
BOYET: Ich weiß nicht; doch ich glaub, ein andrer wars.
PRINZESSIN: Wer es auch sei, aufstrebend zeigt er sich.
Nun heut, ihr Herrn, empfahn wir den Bescheid,
Und Samstag kehren wir nach Frankreich heim. –
Jetzt, lieber Förster, zeigt uns das Gehölz;
Wo stellt Ihr uns, daß wir den Mörder spielen?
FÖRSTER: Hier in der Näh, am Saum des Unterholzes;
Der Stand ist gut, Ihr habt den schönsten Schuß!
PRINZESSIN: Der Schönheit Preis! Die Schöne tut den Schuß,
Und drum mit Recht sprichst du vom schönsten Schuß.
FÖRSTER: So, Gnäd'ge, hab ichs nicht gemeint, verzeiht!
PRINZESSIN: Wie, hast du schon dein erstes Lob bereut?
O kurzer Ruhm! Nicht schön? O Herzeleid!
FÖRSTER: Ja, Fürstin, schön!
PRINZESSIN: O laß die Schminke ruhn;
Wo Schönheit fehlt, ist Schmeicheln eitles Tun.

Hier, lieber Spiegel, für die Wahrheit nimm es:
Gibt ihm Geld
Zu schöner Lohn als Zahlung für so Schlimmes!

FÖRSTER: In Euch hat einzig Schönheit sich gebettet.

PRINZESSIN: Seht, wie ein Goldstück meine Schönheit rettet!
O Schönheitshetzerei, der Zeiten wert!
Wenn sie nur *schenkt*, wird jede Hand verehrt! …
Doch jetzt zur Jagd; wenn Sanftmut töten muß,
Schilt sie auf jeden gutgezielten Schuß:
So bleibt mein Ruf als Schützin unversehrt,
Denn, treff ich nicht, hat Mitleid mirs gewehrt;
Treff ich, wohlan, so muß der Tadel schweigen,
Ich tat es nur, euch meine Kunst zu zeigen!
Unleugbar ists, und die Erfahrung lehrt,
Wie Ruhmsucht zum Verbrechen sich entehrt;
Um Lob und Preis, um nichtige Erscheinung
Entsagen wir des Herzens beßrer Meinung:
Wie meine Hand um Lob zu töten denkt
Das arme Wild, das mich doch nie gekränkt.

BOYET: Hats auch der Ehrgeiz ihnen eingegeben,
Wenn böse Fraun nach Eigenherrschaft streben
Als Herrn des Eheherrn?

PRINZESSIN: Ehrgeiz allein: und Ehr und Preis gebührt
Jedweder Frau, die ihren Herrn regiert!

Schädel tritt auf

PRINZESSIN: Hier kommt ein Bürger unsrer Republik.

SCHÄDEL: Schön guten Abend! Um Vergebung, welches ist die Hauptdame?

PRINZESSIN: Die kannst du an den übrigen erkennen, mein Freund, die ohne Haupt sind.

SCHÄDEL: Welches ist die größte Dame? Die höchste?

PRINZESSIN: Die dickste und die längste.

SCHÄDEL: Die dickste und die längste! Nun ja, was wahr, bleibt wahr.
Ließ Eure Taille schmal und leicht sich wie mein Witz um- [fassen,
So möchte von den Fräulein hier Euch jeder Gürtel passen.
Seid Ihr nicht die Hauptdame? Die dickste seid Ihr gewiß!

PRINZESSIN: Was wollt Ihr, Freund? Was wollt Ihr?

SCHÄDEL: Dem Fräulein Rosaline schrieb diesen Brief Mylord Biron.

PRINZESSIN: Geschwind den Brief, den Brief; den Schreiber kenn ich schon. Wart, Freund! – Boyet, ich weiß, Ihr habt im Tranchieren Geschick;
Legt mir dies Hühnchen vor.

BOYET: Ich gehorch Euch im Augenblick!
Der Brief ging fehl, von uns ward er keinem zugedacht,
Er ist für Jacquenetta.

PRINZESSIN: Doch weil er uns gebracht,
Brich nur dem Wachs das Genick; nun lies, ihr alle gebt acht!

BOYET *(liest)*: »Beim Himmel, daß Du schön, ist untrugschlüßlich; wahr, daß Du reizend; Wahrhaftigkeit selbst, daß Du lieblich. O Du, schöner denn schön, reizender denn reizend, wahrhaftiger denn Wahrhaftigkeit selber: habe Erbarmung mit Deinem heroischen Vasallen! Der durchlauchtigste und allergroßmächtigste König Cophetua warf ein Auge auf die schelmische und unzweifelhafte Bettlerin Zenelophon; und eben derselbige war es, der da mit Fug konnte ausrufen: *veni, vidi, vici*; welches, dafern wirs zersetzen in Volkssprache (o niedrige und dunkle Volkssprache!) soviel als *videlicet*: er kam? sah und überwand. Er kam: eins! Sah: zwei! Überwand: drei! Wer kam? – der König; weshalb kam er? – zu sehen; weshalb sah er? – zu überwinden! Zu wem kam er? – zu der Bettlerin; wen sah er? – die Bettlerin; wen überwand er? – die Bettlerin! Der Erfolg ist Sieg, auf wessen Seite? – des Königs; die Gefangennehmung bereichert, auf wessen Seite? – der Bettlerin! Die Katatrophe ist eine Vermählungsfeier, auf wessen Seite? – des Königs? – Nein, auf beiden in *einer*, oder *einer* in beiden Seiten! Ich bin der König, denn so fordert es das Gleichnis; Du die Bettlerin, denn so zeuget Deine Niedrigkeit. Soll ich Deine Liebe erheischen? – ich könnte es; soll ich Deine Liebe erzwingen? – ich dürfte es; soll ich um Deine Liebe werben? – ich will es! Was wirst Du eintauschen für Litzen? – Spitzen; für Bürden? – Würden; für Dich? – Mich! … Also, entgegenharrend Deiner Replik profanier ich meine Lippen an Deinen Fuß, meine Augen an Dein Konterfei und mein Herz an Dein Allenthalb! Dein in der innigsten Dahingebung der Dienstbeflissenheit

Don Adriano de Armado.«

Also brüllt des Nemäerlöwen Schlund
Nach dir, du Lamm, das seiner Mordlust Ziel:
Vor seinem stolzen Fuß sink auf den Grund,
Und von dem Raubzug neigt er sich zum Spiel.
Doch sträubst du dich, was wird aus dir, o Seele?
Fraß seiner Wut, Proviant für seine Höhle!

PRINZESSIN: Wer ist der Wetterhahn, der Federbusch, der [Quast?
Hörtet Ihr Beßres je? Wer hat den Brief verfaßt?
BOYET: Wenn ich mich recht besinne, kenn ich den harten Stil.
PRINZESSIN: Ja, nennt ihn so! Selbst Knittel wär immer nicht [zu viel!
BOYET: Armado ists, ein Spanier, ein abgeschmackter Held,
Ein Phantast, ein Monarcho, dem König zugesellt
Und seinen Buchgenossen.
PRINZESSIN: Mein Freund, hör auf ein Wort:
Wer gab dir jenen Brief?
SCHÄDEL: Wie ich Euch sagte: Mylord.
PRINZESSIN: Wem solltest du ihn geben?
SCHÄDEL: Von ihm an jenes Fräulein.
PRINZESSIN: Von wem an welches Fräulein?
SCHÄDEL: Vom gnäd'gen Herrn Biron bin ich hieher gesandt
An eine Dam aus Frankreich, Lady Rosaline genannt.
PRINZESSIN: Der Brief ward falsch bestellt. Ihr Herren, fort [von hier;
Begnüge dich, mein Kind, bald wird der rechte dir.

Die Prinzessin mit ihrem Gefolge ab

BOYET: O sprich, wer ist der Geschoßne?
ROSALINE: Sag ichs Euch frei und offen?
BOYET: Ja, Ausbund aller Schönheit!
ROSALINE: Der Hirsch, den sie getroffen! …
Schön abpariert!
BOYET: Die Prinzessin schießt nach Hornwild; doch wirst du [einst heiraten,
Zehn gegen eins, daß in dem Jahr die Hörner trefflich ge- [raten! …
Pariere den!

ROSALINE: So hört! Ich bin die Geschoßne!

BOYET: Und wer ist der Jäger allhier?

ROSALINE: Er träg sein Horn an der Hüfte, und nicht am
Pariere den! [Kopf wie Ihr! ...

MARIA: Ihr ruht nicht, bis sie Euch trifft; wahrt Euch die Stirn
[mit dem Hut!

BOYET: Sie selber traf man tiefer schon: nicht wahr, da zielt
[ich gut?

ROSALINE: Soll ich gegen dich anrücken mit einem alten Reim, der schon ein Mann war, als König Pipin von Frankreich noch als ein kleiner Bube herumlief, was das Treffen anbelangt?

BOYET: Wenn ich mich verschanzen darf mit einem ebenso alten, der ein Weib war, als Königin Ginevra von Britannien noch ein kleines Mädchen, was das Treffen anbelangt?

ROSALINE: Du kannst nicht treffen, treffen, treffen,
Du kannst nicht treffen, mein guter Hans.

BOYET: Kann ich nicht, kann ich nicht, kann ich nicht:
Kann ichs nicht – ein andrer kanns!

Rosaline und Katharine ab

SCHÄDEL: Beim Element, recht lustig! Wie gut die beiden sich
[hielten!

MARIA: Die Scheiben trafen sie trefflich, sooft sie zusammen
[zielten.

BOYET: Die Scheiben, sagt Ihr, Fräulein? Nun, daß wir nichts
[vergessen:
Der Scheibe gebührt ein Pflock, um recht den Schuß zu
[messen.

MARIA: O weit nach links gefehlt! – Ihr seid nicht bei der [Hand!
SCHÄDEL: Jawohl, um die Mitte zu treffen, nehmt näher Eu- [ren Stand!
BOYET: Ich nicht bei der Hand? Dann zeigt mir, wie Ihr den [Pfeil regiert.
SCHÄDEL: Gebt acht! Sie gewinnt den Kernschuß, der Pflock [wird ruiniert!
MARIA: Kommt, kommt, Ihr sprecht zu gröblich, den An- [stand ganz verletzend!
SCHÄDEL: Ihr trefft sie weder mit Schuß noch Stich, das Spiel [ist nicht ergötzend.
BOYET: So flücht ich vor dem rauhen Kampf, mich dort zur [Ruhe setzend.

Boyet und Maria ab

SCHÄDEL: Mein Seel, ein blöder Schäfer! Ein rechter simpler [Tropf!
O je, wie hieben die Damen und ich ihn über den Kopf!
Blitz, welche niedliche Späße! Der Witz wie korrupt und [zierlich!
Wenns so glatt von der Zunge haspelt, so recht obszön und [manierlich!
Narmado auf einer Seite – welch nobler, preislicher Held!
Wie er sich spreizt vor den Fräuleins! Wie hübsch er den [Fächer hält,
Und küßt sich im Gehen die Hand! Und versteht sich auf [Schwüre so sauber!
Dann auf der andern sein Page, wie sticht er euch Silbe um [Silbe,

Die kleine Hand voll Witz! die stolze pathetische Milbe!
Jagdgeschrei (von draußen): Holla! Holla!

Ab

Zweite Szene

Ebenda

Es treten auf Dumm, Holofernes und Sir Nathanael

NATHANAEL: Eine hochwürdige Jagdlustbarkeit, in der Tat, und unternommen nach dem Zeugnis eines guten Gewissens.

HOLOFERNES: Der Hirsch war, wie Ihr wisset, *sanguis*, in vollem Geblüt, reif wie ein Jungherrnapfel, welcher jetzt hanget gleich einem Juwel in dem Ohre *cœli* der Luft, des Firmamentes, der Feste – und plötzlich fällt gleich einem Holzapfel auf das Angesicht *terrae* – des Bodens, des Grundes, des Erdreiches.

NATHANAEL: In der Tag, Meister Holofernes, Ihr wechselt anmutig mit denen Prädikaten, recht wie ein Schriftgelehrter; allein laßt mich Euch bezeugen, Herr, es war ein Bock vom ersten Geweih.

HOLOFERNES: Sir Nathanael, *haud credo*.

DUMM: Es war keine Hautkrähe, es war ein Spießer!

HOLOFERNES: O barbarische Intimation! und wiederum eine Art Insinuation, gleichsam *in via*, auf dem Wege, einer Explikation: *facere* gleichsam eine Replikation, oder vielmehr gleichsam *ostentare*, darlegen seine Inklination: – nach seiner ohngesitteten, ohngeglätteten, ohnausgefeileten, ohngestutzeten, ohngeschmücketen oder vielmehr ohnkultivierten oder vielmehrest ohnkonfirmiereten Weise – wiederum, einzuschalten mein *haud credo* statt eines Wildes.

DUMM: Ich sage, das Wild war keine Hautkrähe, es war ein Spießer!

HOLOFERNES: Zweimal gesottene Einfalt, *bis coctus*! O du monstrose Ignoranz, wie mißgeschaffen erscheinst du!

NATHANAEL: Herr, er hat nie seine Nahrung gesogen aus den Leckerbißlein, welche werden erzielet in Büchern; er hat nicht gegessen des Papiers, sozusagen, noch getrunken der Tinte; seine Sinneskraft ist nicht herangenährt; er ist nur ein Tier, nur fühlend in seinen gröbern Organen: – und solche unfruchtbaren Gewächse sind vor uns hingestellt, auf daß wir sollten dankbar sein (wie wir, die da schmecken und Empfindung haben, es auch sind) für solche Gaben, welche in uns zu beßrer Frucht gedeihn:
Gleich falsch, wenn ich in Albernheit als Narr und Geck [mich blähte,
Als wenn ein solcher Hahn, wie der, gelehrt in Schulen [krähte.
Ich halts mit jenem Kirchenvater, der oft zu sagen pflegt:
Manch einer steht das Wetter aus, der nicht den Wind er- [trägt.

DUMM: Ihr seid zwei Schriftgelehrte: könnt Ihr das schmucke [Rätsel mir lösen,
Was keine fünf Wochen jetzt alt und bei Kains Geburt [schon ’nen Monat gewesen? –

HOLOFERNES: *Dictynna*, ehrlicher Dumb; *Dictynna*, ehrlicher Dumb!

DUMM: Wer ist dick und dünne?

NATHANAEL: Eine Titulatur *Lunae, Phoebae*, des Mondes.

HOLOFERNES: Der Mond war 'nen Monat alt, als Adam nicht älter war,
Und keine fünf Wochen zählt er, als jener hundert Jahr.
Die Allusion verleuret nichts bei dem Umbtausch.

DUMM: Das ist auch wahr, mein Seel, die Kollusion verliert nichts beim Umtausch!

HOLOFERNES: Gott stärke deine Kapazität! Ich sage, die *Allusion* verleuret nichts bei dem Umbtausch.

DUMM: Und ich sage, die Konfusion verliert nichts beim Umtausch, denn der Mond wird nie älter, als nur einen Monat; und überdem bleib ich dabei und sage, es war ein Spießer, den die Prinzessin schoß!

HOLOFERNES: Sir Nathanael, wollet Ihr anhören ein extemporelles Epitaphium auf den Tod des Tieres? Und zwar habe ich, um mich der Einfalt zu akkommodieren, das Tier, welches die Prinzessin schoß, einen Spießhirsch genennet.

NATHANAEL: *Perge*, werter Meister Holofernes, *perge*, dafern es Euch beliebt, alle Scurrilität abzustellen.

HOLOFERNES: Ich werde die Allitteration in etwas vorwalten lassen, denn das zeuget von Leichtigkeit.
Straff spannt die Schöne, schnellt und schießt ein Spießtier schlank und schmächtig;
Man nannt es Spießhirsch, denn am Spieß spießt ihn der Speisemeister.
Hierauf, verspeist mit Gabeln, wirds ein Gabelhirsch, so dächt ich.

Und weil die Schützin Kronen trägt, mit Recht ein Kron-
[hirsch heißt er.
Hell gellt die Jagd: nehmt vom Gebell zu Hirsch eins von
[den *L*len,
Sinds fünfzig Hirschel: noch ein L, so tät sie hundert fällen.

NATHANAEL: Wie schmeidig bewegt er der Verse zähen Fuß!

DUMM: Was das für ein Wesen ist über seine Fersen und Fußzehen!

HOLOFERNES: Dieses ist eine Gabe, die mir verliehen ward – simpel, simpel; ein launischer abspringender Geist erfüllet von Gestalten, Figuren, Formen, Gegenständen, Einbildungen, Wahrnehmungen, Motionen, Revolutionen: dieselben werden gezeuget in dem Mutterleibe des Gedächtnusses, ernähret in dem Schoße der *pia mater* und an das Licht geboren bei zeitigender Gelegenheit. Indessen die Gabe ist gut, in solchen, bei denen sie zur rechten Scharfsichtigkeit gelanget, und ich bin dankbar für dieselbe.

NATHANAEL: Sir, ich preise den Herrn für Euch, und das mögen auch meine Pfarrkinder! Denn ihre Söhne sind gut beraten bei Euch, und ihre Töchter gedeihen augenscheinlich unter Euch; Ihr seid ein stattliches *Membrum* des gemeinen Wesens.

HOLOFERNES: *Mehercle*, wann ihre Söhne *Ingenium* besitzen, soll es ihnen nicht fehlen an Instruktion; wann ihre Töchter empfänglich sind, werd ichs ihnen schon beibringen. Jedennoch *vir sapit, qui pauca loquitur.* – Eine als Weib geschaffne Seele begrüßet uns.

Jacquenetta und Schädel treten auf

JACQUENETTA: Gott grüß ihn, Herr Farr!

HOLOFERNES: Nicht etwa *fur*, ein Dieb, noch *fer*, bring her und gib, sondern *far*, die Spreu im Sieb. Wessenthalben *far*?

SCHÄDEL: Weil Farr bei uns einen Ochsen bedeutet, und weil des Pfarrers Haupt so voller Gelehrsamkeit steckt, wie ein Oxhoft voll Wein.

HOLOFERNES: Wie, ein Ochshaupt? – ein hübscher Funke des Witzes in einem Erdenkloße; Feuer genug für einen Kiesel, Perle genug für eine Sau. Es ist artlich, es ist hübsch.

JACQUENETTA: Lieber Herr Farr, sei er doch so gut und les er mir den Brief; Schädel hat ihn mir gegeben, und Don Armadill schrieb ihn mir; ich bitt ihn drum, les er ihn.

HOLOFERNES: *Fauste precor, gelida quando pecus omne sub umbra*
Ruminat ...
– und so weiter. Ach, du guter alter Mantuanus! ich kann von dir sagen, wie der Reisende von Venedig:
Vinegia, Vinegia,
Chi no ti vede, ei non ti pregia
Alter Mantuanus! Alter Mantuanus! Wer dich nicht verstehet, der liebet dich nicht! – *Ut re sol la mi fa.* Mit Eurem Vergunst, Herr Pfarrer, was ist der Inhalt? oder vielmehr wie Horatius saget in seinem ... Was zum Element: Verse?

NATHANAEL: Ja, Herr, und sehr gelehrte!

HOLOFERNES: Lasset mich vernehmen eine Strophe, eine Stanza, einen Vers; *lege, domine.*

NATHANAEL *(liest)*: »Macht Liebe mich verschwor'n, darf ich [noch Liebe schwören?

Treu hält nur stand, gab sie der Schönheit sich zu eigen;
Meineidig an mir selbst, will ich dir treu gehören;
Was eichenfest mir schien, kannst du wie Bensen beu-
[gen!
Die Forschung lechzt im Durst: dein Auge sei mein Bron-
[nen,
Dort thront die Seligkeit, die uns das Buch verheißt;
Der Kenntnis Inbegriff hat, wer dich kennt, gewonnen!
Vielkundig ist der Mund, der mit Verstand dich preist,
Stumpfsinnig, wer nicht beugt sein Knie vor deiner
[Schöne;
Mein größter Ruhm, daß ich so hohen Wert empfand:
Der Augen Feuerblitz, der Rede Donnertöne
Sind Wonneglanz, Musik, hast du den Zorn verbannt.
Doch göttlich, wie du bist, vergib, wenn rauhe Zungen
Des ew'gen Himmels Lob mit ird'schem Laut gesungen!«

HOLOFERNES: Ihr findet nicht die Apostrophen, und darüber verfehlt Ihr den Accent. Lasset mich die Kanzonetta überspähen; hier ist nur das Silbenmaß observieret, allein, was da heißet die Elegantia, die Leichtigkeit zusampt dem güldenen Schlußfall des Gedichtes – *caret.* Ovidius Naso, der war der Mann! Und warumb auch »Naso«? warumb sonst, als weil er auswitterte der Phantasei ihre balsamischen Duftblüten? Der Erfindungskraft ihre Absprünge? – *Imitari* ist nichts: das tut der Hund seinem Herrn, der Affe seinem Wärter, das aufgeputzte Kunstpferd seinem Reuter. Aber Damosella Jungfrau, ward dieses Euch zugewendet?

JACQUENETTA: Ja, Herr, von einem Musjeh Armadill, einem von den ausländischen Lords.

HOLOFERNES: Ich will einmal beäugeln die Aufschrift: »An die schneeweiße Hand des allerschönsten Fräuleins Rosaline.« – Wiederumb will ich mir ansehen den Inhalt des Briefes, umb die Bezeichnung zu finden. Das Subjekt, das da schreibet, an die Person, welcher da geschrieben wird: »Eur Gnaden zu allem Dienst bereitwilligster
Biron.«
Sir Nathanael, dieser Biron ist einer von denen Eidgenossen des Königes und hat allhier einen Brief gefertiget an eine Geleitsdame der fremden Monarchin, welcher accidentellerweise oder auf dem Wege der Progression in die Verirrung geraten ist. Entschlüpfe, mein Kind; überantworte dieses Blatt in die Hand der Majestät: es mag von besonderem Moment sein! Verweile dich hier nicht mit Verbeugungen; ich überhebe dich deiner Pflicht; lebe wohl!

JACQUENETTA: Du, Schädel, komm mit. Herr, Gott grüß Ihn!

SCHÄDEL: Nimm mich mit, Mädel!

Beide ab

NATHANAEL: Sir, Ihr habt dies in der Furcht Gottes getan, sehr gewissenhaft, und wie ein gewisser Kirchenvater sagt ...

HOLOFERNES: Sir, redet mir nicht von dem Kirchenvater: ich verargwöhne schmuckhafte Ausschmückungen. Aber umb zurückzukommen auf die Verse: gefielen sie Euch, Sir Nathanael?

NATHANAEL: Meisterlich, was die Fassung betrifft.

HOLOFERNES: Ich speise heute mittag bei dem Vater eines gewissen Zöglings, allwo, wenn es Euch gefällig sein sollte, nach der Mahlzeit die Tafel mit einem *gratias* zu gratifizieren, ich kraft meines Privilegii bei denen Eltern fürbesagten Kindes oder Pfleglinges, Euer *benvenuto* auf mich nehmen will. Daselbst werde ich dann die Behaupt und Erhärtung führen, wie jene Verse sehr ohngelahrt seien und keine Würze haben von Poesei, Witz, noch Erfindung. Ich ersuche umb Eure Gesellschaft!

NATHANAEL: Und ich danke Euch; denn Gesellschaft – sagt die Schrift – ist die Glückseligkeit des Lebens.

HOLOFERNES: Ja, wahrhaftiglich! Darin tut die Schrift einen höchst ohnwiderleglichen Ausspruch. Euch, Freund, lad ich zugleich, versagts nicht, nein! *pauca verba* – Hinweg! die Herren sind jetzt bei der Jagd; gehn wir zu unsrer Erquickung.

Sie gehn ab

Dritte Szene

Park

Biron tritt auf, ein Papier in der Hand

BIRON: Der König jagt das Wild, ich hetze mich selbst; sie sind erpicht auf ihre Netze, ich bin umnetzt von Pech! Pech, welches besudelt – besudelt: ein garstiges Wort! … Nun setze dich, Gram! … denn so, sagt man, sprach der Narr; und so sag ich, ich, der Narr! … Wohl bewiesen mein Witz! … Beim Himmel, diese Liebe ist so toll, wie Ajax, sie tötet Schafe; sie tötet mich, mich das Schaf! Abermals wohl bewiesen meinerseits! ... Ich will nicht lieben; wenn ichs tue, hängt mich auf; auf Ehre, ich wills nicht! Ach, aber ihr Auge! Beim Sonnenlicht, wärs nicht um ihres Auges willen, ich würde sie nicht lieben; ja, um ihrer beiden Augen willen, wahrhaftig, ich tue nichts in der Welt als lügen, und in meinen Hals hineinlügen! Beim Himmel, ich liebe, und das lehrt mich reimen und schwermütig sein, und hier ist ein Stück von meinem Gereim und von meiner Schwermut. Nun, eins von meinen Sonetten hat sie schon: der Tölpel bracht es, der Narr sandt es, und das Fräulein hat es, süßer Tölpel, süßerer Narr, süßestes Fräulein! Bei Gott, ich wollte alles drum geben, wenn die drei andern auch so weit wären. Hier kommt einer mit einem Papier: gebe der Himmel, daß er seufzen möge!

KÖNIG: Weh mir!

BIRON *(beiseit)*: Angeschossen, beim Himmel! Nur zu, liebster Cupido, du hast ihm mit deinem Vogelbolzen eins unter die linke Brust abgegeben. Wahrhaftig, Geschriebenes?

KÖNIG *(liest)*: »So lieblich küßt die goldne Sonne nicht
Die Morgenperlen, die an Rosen hangen,
Als deiner Augen frisches Strahlenlicht
Die Nacht des Taus vertilgt auf meinen Wangen.

Der Silbermond nur halb so glänzend flimmert
Durch der kristallnen Fluten tiefe Reine,
Als dein Gesicht durch meine Tränen schimmert:
Du strahlst in jeder Träne, die ich weine.

Dich trägt als Siegeswagen jede Zähre,
Auf meinem Schmerz fährt deine Herrlichkeit;
So schau, wie ich die Tränenschar vermehre,
Es wächst dein Ruhm, je herber wird mein Leid.

Doch liebe dich nicht selbst; die Tränen scheinen
Dir Spiegel sonst, und ewig mußt ich weinen.«

O aller Jungfraun Haupt, du hochgekröntes,
Kein Geist erdenkt dein Lob, kein Mund ertönt es!
Wie wird mein Leid dir kund? Hier lieg, du Blatt:
Birg Torheit, freundlich Laub! – Wer tritt hervor?

Der König tritt auf die Seite

Was, Longaville und lesend? horch, mein Ohr!

Longaville kommt mit einem Papier

BIRON *(beiseit)*: In gleicher Herrlichkeit der dritte Tor!
LONGAVILLE: Weh mir, ich brach den Schwur!
BIRON *(beiseit)*: Er trägt den Zettel
Wie einer, der für Meineid steht am Pranger!
KÖNIG *(beiseit)*: Verliebt? Genossenschaft wird Scham ver- [süßen!
BIRON *(beiseit)*: Ein Trunkenbold wird gern den andern grü- [ßen.
LONGAVILLE: Ich bin wohl nicht meineidig so allein.
BIRON *(beiseit)*: Ich könnte leicht dich trösten, ich weiß sogar [von Zwein!
Wir wolln als Kleeblatt uns, als Triumvirn assoziieren,
Die Redlichkeit am Tyburn des Amor strangulieren.
LONGAVILLE: Wenn Rührung nur dem starren Vers nicht [fehlte!

O süßes Kind, Maria, Auserwählte! –
Die Reime da zerreiß ich, schreib in Prose.

BIRON *(beiseit)*: Reime sind Schleifen an Cupidos Hose;
Verdirb ihm nicht die Ware!

LONGAVILLE: Ja, so gehts. *(Liest das Sonett)*
»Nur die Rhetorik deiner Himmelsblicke
(Die Welt kann ihr nicht bündig widersprechen)
Verführte mich zu dieses Meineids Tücke;
Nicht sträflich ists, um dich den Schwur zu brechen!

Dem Weib entsagt ich: doch ist sonnenklar,
Da Göttin du, niemals entsagt ich dir!
Himmlisch bist du, mein Eid nur irdisch war:
Geheiligt dir, heilt jede Sünd in mir!

Ein Schwur ist Hauch, und Hauch ist Dunst, o schein
Auf meine Erde, Sonne, du mein Licht:
Zieh auf das Dunstgelübd, dann ist es dein,
Gebrochen dann tat ich die Sünde nicht!

Ja, bräch ichs auch, kein Tor wird sich besinnen
Durch Eidesbruch den Himmel zu gewinnen!«

BIRON *(beiseit)*: O brünst'ge Liebesglut! Das nenn ich Ket-
[zerei!
Ein unreif Gänschen verehren, als obs 'ne Göttin sei!
Gott helf uns, ach, Gott helfe! Verirrten wir uns so weit? –

LONGAVILLE: Durch wen nur send ich es? – Halt!
Gesellschaft? ich trete beiseit.

Er tritt auf die Seite. Dumain kommt

BIRON *(beiseit)*: Versteckt in allen Ecken ein Spiel aus Kin- [derzeit!
Ich throne wie ein Halbgott, verhüllt in meiner Wolke,
Zu strenger Aufsicht diesem höchst argen Sündervolke.
Noch neue Säcke zur Mühle? O mehr als Hoffen verhieß!
Dumain ist auch verwandelt, vier Schnepfen an einem [Spieß.
DUMAIN: O Käthchen, göttlich Käthchen!
BIRON *(beiseit)*: O Tropf, profaner Tropf!
DUMAIN: Beim Himmel! Als ein Wunder jeglichen Blick ver- [gnügst du!
BIRON *(beiseit)*: Bei der Erde, sie ist keins, o Menschenkind, dies lügst du.
DUMAIN: Ihr Ambrahaar beschämt den Ambra selber.
BIRON *(beiseit)*: Merkwürdig gnug! Ein Rab', ein ambragel- [ber!
DUMAIN: Wie Zedern schlank!
BIRON *(beiseit)*: Ist guter Hoffnung nicht
Ihr Schulterblatt?
DUMAIN: Glanzvoll, wie Tageslicht!
BIRON *(beiseit)*: O ja, nur muß die Sonne just nicht schei- [nen.
DUMAIN: O hätt ich meinen Wunsch!
LONGAVILLE *(beiseit)*: Und ich den meinen!
KÖNIG *(beiseit)*:Und ich den meinen auch, du edler Lord!
BIRON *(beiseit)*: Amen, und meinen ich; das war ein trefflich [Wort.
DUMAIN: Wo find ich Ruh? Sie glüht als Fieber täglich
Im Blut mir: sie vergessen wird unmöglich!
BIRON *(beiseit)*: In deinem Blut? Dann mußt du Ader lassen,
Und, schöner Unsinn! fängst sie auf in Tassen.
DUMAIN: Noch einmal les ich durch, was ich geschrieben.

BIRON *(beiseit)*: Noch einen seh ich hier, verdummt durch [Lieben.
DUMAIN *(liest)*:

»Einst – o wehe muß ich klagen!
In des Maies Liebestagen
Spähte Lieb ein Röslein duftig,
Wies am Stengel schwankte luftig;
Durch den Samt der Blätter wehn
Schmeichelwinde ungesehn:
Der Geliebt, in Todespein,
Wünscht des Himmels Hauch zu sein.
Luft, spricht er, küßt deine Wangen,
Könnt ich den Triumph erlangen!
Schwur ach! hält die Hand zurücke,
Daß sie nicht vom Dorn dich pflücke;
Ach, so schwört die Jugend nicht,
Die so gerne Blüten bricht.
Nenn es Sünde nicht, daß ich
Jene Eide brach für dich.
Dir ja hätte Zeus geschworen,
Juno gleiche schwarzen Mohren;
Sterblich stieg er selbst zur Erden,
Um in Liebe dein zu werden.«

Dies send ich, will noch klarer ihr in Bildern
Der treuen Liebe Sehnsuchtsqualen schildern.
O daß der Fürst, Biron und Longaville
Auch liebten! Spielt hier jeder böses Spiel,
Wird meiner Stirn der Makel fortgeschafft:
Denn keiner fehlt, sind alle gleich vergafft!

LONGAVILLE *(hervortretend)*:
Dumain, fern ist dein Lieben aller Gnade!
Genossen willst du auf verliebtem Pfade?
Erblasse nur! Ich weiß: *ich* würd erröten,
Fänd ich mich so ertappt im Übertreten!

KÖNIG *(hervortretend)*:
Ja, werde rot, dein Fall ist gleich so schwer!
Du schiltst auf ihn und sündigst zweimal mehr;
Du liebst wohl nicht Marien? Longaville
Schrieb niemals ein Sonett im hohen Stil?
Hielt auf der Brust die Arme nie gefalten,
Um nieder nur sein klopfend Herz zu halten?
Hier im Gebüsch, das schirmend mich versteckt,
Sah ich euch beid und war für beid erschreckt.
Die freveln Reime last ihr recht beweglich,
Die Seufzer dampften auf, ihr stöhntet kläglich;
Der rief zum Zeus, der ließ ein Ach! erschallen,
Der nannt ihr Haar gold, der ihr Aug kristallen,
Der wollt um Meineid sich den Himmel kaufen,
Der ließ den Zeus der Juno selbst entlaufen.
Wie spottet wohl Biron, wenn er erfuhr,
Gebrochen sei, was man so eifrig schwur;
Wie wird er euch verlachen, jubilieren
Und Witze sprühn und höhnisch triumphieren!
Um alle Schätze, die ich je gesehn,
Ich möcht ihm so nicht gegenüberstehn.

BIRON *(hervortretend)*:
Jetzt, Heuchelei, jetzt ists um dich geschehn! –
Verzeih, o mein erlauchter Souverän!

Mit welchem Anstand schiltst du diese Kälber,
Sag, gutes Herz, wer liebt mehr als du selber?
Dein Aug ist nie ein Wagen? Wenn es weint,
Gibts keine Fürstin, die drin widerscheint?
Du brichst um keinen Preis den Eid, ich wette,
Und nur ein Bänkelsänger schreibt Sonette!
Schämt ihr euch nicht? Ihr schämt euch ohne Frage,
Ihr alle drei, daß dies so kam zu Tage.
Du fandst an *ihm*, der Fürst an *dir* den Splitter;
Ich euren Balken, ihr drei Liebesritter! ...
O Himmel, welch ausbünd'ge Narrenszene
Von Seufzen, Gram, von Ächzen, von Gestöhne!
Wie ernsthaft blieb ich, als vor meinem Blicke
Ein hoher Fürst sich umgeformt zur Mücke!
Als Herkules, der Held, den Kreisel drehte
Und Salomo ein Gassenliedchen krähte,
Nestor mit Kindern Seifenblasen machte
Und Lästrer Timon über Possen lachte!
Wo schmerzt es dich, Freund Longaville, gesteh es?
Wo, Dumain, fließt die Quelle deines Wehes?
Wo Eurer Hoheit? – Allen wohnts im Herzen! –
He, bringt ein Licht!

KÖNIG: Zu bitter wird dein Scherzen;
Sind wir durch deine Klugheit so verraten?

BIRON: Nicht ihr durch mich, ich bin durch euch verraten;
Ich, stets so brav; ich, ders wie Sünde scheut,
Zu brechen den von mir gelobten Eid,
Ich bin verraten, weil ich mich verband
Menschen, so menschlich, so voll Unbestand!

Wann sah man mich ein Lied in Reime zwingen?
Um Lenen stöhnen? Wann den Tag verbringen
Mit Putzen? Wann vernahmt ihr, daß ich sang
Gedicht auf Hand, auf Wang, auf Aug und Gang,
Figur, Natur, auf Stirn, auf Fuß und Zeh,
Auf Lust und Brust? …

Jacquenetta und Schädel treten auf; als Biron sie kommen sieht, läuft er ihnen entgegen

KÖNIG: Wohin entläufst du? steh!
Trabst du als Ehrlich oder Dieb so eilig?
BIRON: Der Lieb entfliehnd, nicht bei Verliebten weil ich.
JACQUENETTA: Gott grüß den König!
KÖNIG: Bringst du was für mich?
SCHÄDEL: Was von Verrat, Herr!
KÖNIG: Wie entspann er sich?
SCHÄDEL: Gesponnen ward er nicht.
KÖNIG: Nun, wenn auch nicht gestrickt,
So seid Verrat und du nach Hause jetzt geschickt.
JACQUENETTA: Seid doch so gut, Herr König, lest, was sich [begeben hat,
Dem Pfarrer schiens bedenklich; er sagt, es sei ein Verrat.
KÖNIG: Nimm, Biron, lies ihn vor. Wer hat ihn dir gegeben?
JACQUENETTA: Das war der Schädel da.
KÖNIG: Wer hat ihn *dir* gegeben?
SCHÄDEL: Tonn' Adramotte wars, Tonn' Adramodio.
KÖNIG: Wie nun, was ficht dich an? Warum den Brief zerstö- [ren?
BIRON: 's ist kein Verrat, mein König: ein Tand, das kann ich [beschwören!

LONGAVILLE: Er bracht ihn ganz in Zorn, und deshalb wollen [wir ihn hören!

DUMAIN: 's ist Birons Hand, wahrhaftig, und hier sein Name [dazu.

BIRON: O Tölpel, verdammter Tropf! mußt du mich beschä- [men? du?
Strafbar, mein König, strafbar: ich klage selbst mich an!

KÖNIG: Wie das?

BIRON: Euch fehlt ein vierter Narr, vollständig ist nun das [Gespann.
Den, diesen und Euch, mein Fürst, und mich traf gleiches [Verderben;
Wir alle sind Gauner der Lieb und verdienen des Todes zu [sterben!
Entlaßt die edle Versammlung, und mehr noch meld ich [Euch hier.

DUMAIN: Was ungleich, ward jetzt eben.

BIRON: Jawohl, wir sind nun vier.
Entfliegen die Tauben nicht bald?

KÖNIG: Was zaudert ihr noch? geht fort!

SCHÄDEL: Wir beiden Gerechten gehn, die Verräter bleiben [am Ort.

Schädel und Jacquenetta ab

BIRON: Nun, Freunde, Liebende, seid mir umarmt!
Wir sind so treu, als Fleisch und Blut nur reicht;
See ebbt und flutet, Winterluft erwärmt,
Jung Blut zerbricht die alte Satzung leicht.
Nicht zu umgehn ist, was uns selbst geboren:
Drum war der Eid im Schwur schon falsch geschworen!

KÖNIG: Sprach Liebe jenes Blatt? Ich wette drauf!
BIRON: Du fragst? Wer schaut zu Rosalinen auf,
Der gleich dem wilden Sohn des Inderstrands,
Wenn sich der Ost erschließt zu Pracht und Lust,
Nicht beugt das Haupt, anbetend seinen Glanz,
Und küßt den Staub mit untertän'ger Brust?
Welch überkühnes Adlerauge wendet
Zur Sonne sich, von keiner Wolk umhüllt,
Und wird von ihrer Hoheit nicht geblendet?
KÖNIG: Welch Eifern? Welche Wut hat dich erfüllt?
Ein Mond, herrscht *meine* Dam in sanftem Licht,
Da *sie* (als Dienstgestirn) kaum sichtbar funkelt.
BIRON: Dann ist mein Sehn kein Sehn, ich Biron nicht;
Wär nicht mein Liebchen, Tag wär nachtumdunkelt!
Die Quintessenz der Farbenschönheit strahlt
Wie reinste Edelstein' auf ihren Wangen;
Wie sich *ein* Bild aus tausend Reizen malt,
Ein Meisterwerk selbst meisterndem Verlangen.
Hätt ich den Zauber höchster Redekunst: …
Nein, sie bedarf dein nicht, erborgter Schimmer!
Verkäuflich Gut empfehl des Käufers Gunst –
Sie steht zu hoch dem Lob für jetzt und immer!
Ein Mönch, verdorrt und hundert Winter alt,
Wirft fünfzig ab, kann er ins Aug ihr blicken:
Schönheit verjüngt ihm kräftig die Gestalt,
Tauscht mit der Kindheit Wiege seine Krücken! …
O Licht und Leben strahlt sie gleich der Sonne.
KÖNIG: Ei, deine Dam ist schwarz wie Ebenholz! –

BIRON: Ist Ebenholz ihr gleich? O Holz der Wonne!
Ein Weib, daraus gezimmert, wär mein Stolz.
Die Bibel her! fest soll mein Schwur bestehn,
Daß Schönheit selbst die Schönheit nicht erreicht,
Lernt sie von ihrem Auge nicht das Sehn,
Und keine schön, die ihr an Schwärze weicht!
KÖNIG: Sophisterei! Schwarz ist Livrei der Hölle,
Des Kerkers Farbe und der Schild der Nacht.
Doch helles Weiß thront auf des Himmels Schwelle.
BIRON: Zu *täuschen*, wählt der Teufel lichte Tracht.
Wenn Schwarz die Stirne meiner Liebsten deckt,
So trauert sie, daß falsches Haar, Karmin
Verliebte reizt mit täuschendem Aspekt;
Das Schwarz ward hell, da sie zur Welt erschien.
Ihr Antlitz lenkt die Mod auf neue Bahn,
Natürlich Blut hört man als Schminke schelten,
Und Rot, deß Glänzen gilt für eitlen Wahn,
Färbt schwarz sich, ihrer Stirne gleich zu gelten.
DUMAIN: Ihr gleich zu sein, sind schwarz die Schornsteinfe-
[ger!
LONGAVILLE: Seit sie erschien, dünkt sich der Köhler
[schmuck.
KÖNIG: Mit seiner holden Farbe prangt der Neger!
DUMAIN: Spart alle Kerzen, Nacht ist hell genug.
BIRON: Die Damen, die ihr wähltet, scheun den Regen,
Er möcht an ihrer muntern Schminke naschen.
KÖNIG: Doch deiner, dächt ich, käm er recht gelegen;
Du nennst *die* Schönste, die sich nicht gewaschen.

BIRON: Währts bis zum Jüngsten Tag, ihr Schönsein preis ich!
KÖNIG: Dann schreckt dich mehr als sie der Teufel nicht.
DUMAIN: Kein Mensch war so vergafft in Dorn und Reisig!
LONGAVILLE: Sieh hier ihr Bild; mein Schuh und ihr Gesicht.
BIRON: O wären deine Augen Pflastersteine,
Ihr Fuß wär viel zu zart, um drauf zu gehn.
DUMAIN: Damit recht deutlich dann der Straß erscheine,
Was sonst, wenn auf dem Kopf man steht, zu sehn.
KÖNIG: Sind alle wir verliebt? All aus dem Gleise?
BIRON: Unleugbar; und meineidig alle drei!
KÖNIG: So schweigt nun, und Biron, mein Freund, beweise,
Daß Lieb erlaubt und nicht ein Treubruch sei.
DUMAIN: O ja, reich etwas Balsam diesem Zweifel!
LONGAVILLE: Ach, stände jetzt dir Weisheit zu Gebot,
Logik und List, zu prellen klug den Teufel!
DUMAIN: Tinktur für Meineid!
BIRON: Wahrlich, die tut not.
Auf, ins Gewehr, streitbare Liebesritter!
Erwägt, was ihr zuerst beschworen habt:
Fasten, studieren, keine Frauen sehn –
Klarer Verrat am Königtum der Jugend.
Sagt, könnt ihr fasten? Ihr seid allzu jung,
Und die Enthaltsamkeit zeugt Krankheit nur.
Und als ihr zu studieren habt gelobt,
Da habt ihr euerm Buch schon abgeschworen:
Könnt ihr stets träumen, grübeln, darauf starren?
Wie hättet Ihr, o Herr, und Ihr und Ihr
Durch bleierne Betrachtung je ersonnen
So glüh'nden Vers, als den begeisternd Augen

Von Schönheitspflegerinnen euch gespendet?
Das andre träge Wissen bleibt im Hirn,
Und deshalb finden seine dürren Knechte
Mühsel'ge Ernte kaum nach schwerem Dienst.
Doch Lieb, in Frauenaugen erst gelernt,
Lebt nicht allein, vermauert im Gehirn,
Nein, mir der Regung aller edlen Geister
Strömt sie gedankenschnell durch jede Kraft
Und zeugt jedweder Kraft zwiefache Kraft,
Weit höher als ihr Wirken und ihr Amt.
Die feinste Schärfe leiht sie dem Gesicht:
Wer liebt, deß Auge schaut den Adler blind!
Wer liebt, deß Ohr vernimmt den schwächsten Laut,
Wo selbst des Diebs argwöhnisch Horchen taub ist.
Die Liebe fühlt empfindlicher und feiner
Als der beschalten Schnecke zartes Horn;
Schmeckt sie, wird Bacchus' leckre Zunge stumpf;
Ist Lieb an Kühnheit nicht ein Herkules,
Der stets der Hesperiden Bäum erklimmt?
Schlau wie die Sphinx? So süß und musikalisch
Wie Phöbus' Lei'r, bespannt mit seinem Haar?
Wenn Liebe spricht, dann lullt der Götter Stimme
Den Himmel ein durch ihre Harmonie.
Nie wagts ein Dichter und ergriff die Feder,
Eh er sie eingetaucht in Liebesseufzer:
Dann erst entzückt sein Lied des Wilden Ohr,
Pflanzt in Tyrannen holde Menschlichkeit! …
Aus Frauenaugen zieh ich diese Lehre:
Sie sprühn noch jetzt Prometheus' echte Glut;

Sie sind Buch, Weisheit, sind die hohe Schule,
Die alle Welt umfaßt, erläutert, nährt.
Sonst überall ist nichts Vollkommnes da!
Drum wart ihr Toren, diesen Fraun entsagend,
Und haltet ihr den Schwur, so bleibt ihr Toren!
Der Weisheit halb – ein Wort, das jeder liebt –
Der Liebe halb – ein Wort, das jeden liebt –
Der Männer halb – die Schöpfer sind der Fraun –
Der Frauen halb – durch die wir Männer sind –
Laßt uns den Eid vernichten, uns zu retten:
Sonst retten wir den Eid, vernichten uns!
's ist Religion, meineidig so zu werden,
Denn Gnade selber schrieb uns das Gebot.
Und wer mag Liebe trennen von der Gnade?
KÖNIG: Sankt Amor denn! Und, Ritter, auf! Ins Feld!
BIRON: Voran die Banner, und zum Angriff, Lords:
Nieder mit ihnen, drängt und sprengt die Reihn!
Doch seid bedacht, die Sonn im Kampf zu teilen!
LONGAVILLE: Nun, schlicht und ehrlich, ohne viel Figuren:
Solln wir um die französ'schen Mädchen frein?
KÖNIG: Frein und gedeihn! Deshalb laßt uns ersinnen
Ein festlich Spiel für sie in ihren Zelten.
BIRON: Erst führen wir hieher sie aus dem Park,
Dann heimwärts leit ein jeder an der Hand
Sein schönes Liebchen, diesen Nachmittag
Soll sie ein art'ger Zeitvertreib ergötzen,
So gut die kurze Zeit vergönnen will:
Es bahnen Spiele, Masken, Fest und Tänze
Den Weg der Lieb und streun ihr Blumenkränze!

KÖNIG: Fort, daß wir müßig nicht die Zeit versitzen:
Die Stunde, die noch unser, laßt uns nützen.
BIRON: *Allons!* Wer Unkraut sät, drischt kein Getreide,
Gerechtigkeit wägt stets in richt'gen Schalen:
Der Dirnen Leichtsinn straft gebrochne Eide;
Nichts Beßres kaufen, die mit Kupfer zahlen.

Sie gehn ab

Fünfter Akt

Erste Szene

Park

Holofernes, Nathanael und Dumm treten auf

HOLOFERNES: *Satis quod sufficit.*

NATHANAEL: Ich preise Gott für Euch, Sir; Euere Tischreden waren vielgekörnt und sentenzenreich, ergötzlich ohne Skurrilität, witzig ohne Affektation, kühn ohne Frechheit, gelahrt ohne Eigendünkel und paradox ohne Ketzerei. Ich diskurrierte an einem dieser *quondam* Tage mit einem Gesellschafter des Königs, welcher tituliert, benamset oder genannt wird Don Adriano de Armado.

HOLOFERNES: *Novi hominem tanquam te*, sein Humor ist hochfliegend, seine Redeweise gebieterisch, seine Zunge pfeilscharf, sein Auge ehrsüchtig, sein Gang majestätisch und sein Betragen überall pomphaft, lächerlich und thrasonisch. Er ist zu erlesen, zu verschniegelt, zu zierhaft, zu absonderlich, sozusagen; ja, daß ich mich des Ausdrucks bediene, zu peregrinatorisch!

NATHANAEL: Ein höchst eigentümliches und auserwähltes Prädikat.

Er nimmt seine Schreibtafel

HOLOFERNES: Er zeucht den Faden seiner Loquazität feiner, als es der Wollenvorrat seiner Gedanken verträgt. Ich abscheue dergleichen adrogante Phantasmen, solche ungeselligliche und zierausbündige Pürschlein, solche Folterknechte Orthographiae, als die da sagen: »kein« statt: »nicht ein«; »Harfe« statt: »Harpfe«. Er spricht statt: er scheußet – er »schießt«, ich verleure, *vocatur* »verliere«, er benamset einen Nachbauer – »Nachbar«; Viech, abbreviieret: »Vieh«. Pfui! (welches er verunstalten würde in »fi«!) solches ist ein Scheuel und Greuel: es reget in mir auf Ingrimmigkeit! *Ne intelligis, domine?* Machet mich fast gallenerbittert, ja abersinnig!

NATHANAEL: *Laus deo, bone intelligo.*

HOLOFERNES: *Bone? … bone*, für *bene: Priscianus* einigermaßen beohrfeiget; muß hingehen!

Armado, Motte und Schädel treten auf

NATHANAEL: *Videsne quis venit?*

HOLOFERNES: *Video et gaudeo.*

ARMADO: Bursch …

HOLOFERNES: *Quare* Bursch? warum nicht Pursch?

ARMADO: Männer des Friedens, willkommen!

HOLOFERNES: Höchst kriegerischer Herr, *Salutationem*!

MOTTE *(beiseit zu Schädel)*: Sie sind auf einem großen Schmaus von Sprachen gewesen und haben sich die Brocken gestohlen.

SCHÄDEL: O sie zehren schon lange aus dem Almosenkorb der Worte. Mich wundert, daß dein Herr dich nicht schon als ein Wort aufgegessen hat; denn du bist von Kopf bis Fuß noch nicht so lang als *honorificabilitudinitatibus*: man schlingt dich leichter hinunter als Pillen und Ricinus.

MOTTE: Still, das Läuten fängt an!

ARMADO *(zu Holofernes)*: Monsieur, seid Ihr kein Litteratus?

MOTTE: Ja, ja, er erklärt den Buben die Fibel. Was reimt sich auf Graf und trägt Hörner auf dem Kopf?

HOLOFERNES: Auf Graf, *pueritia*?

MOTTE: Ihr selbst, o einfältiges Schaf, mit Euren Hörnern: da hört Ihr nun seine Gelehrsamkeit!

HOLOFERNES: *Quis, quis*, du Konsonant?

MOTTE: Begreift Ihr's nicht? – Teilt euch einmal in den Namen Erich, laßt den die erste Hälfte sagen, und sprecht Ihr die zweite, da sollt Ihr's hören. Wer ist das Schaf?

ARMADO: Er!

HOLOFERNES: Ich!

ARMADO: Nun, bei der salzigen Woge des Mediterraneums, ein artiger Stoß, eine lebhafte Stoccata: tick, tack; spitzig und witzig; es freut meinen Scharfsinn; es ist echter Humor, dem Sitz des Hauptes entsprossen!

MOTTE: Oder echte Sprossen, die auf dem Haupte sitzen!

HOLOFERNES: Was besaget diese Allusion? diese Figur?

MOTTE: Hörner!

HOLOFERNES: Du disputierest wie *infantia*, geh, peitsche deinen Kreisel!

MOTTE: Leiht mir Euer Horn, einen draus zu drechseln und herumzupeitschen Eure *infamia, circum, circa*: ein Kreisel von Hahnreihorn!

SCHÄDEL: Und hätte ich nur einen Pfennig im Sack, du solltest ihn haben, um dir Pfeffernüsse zu kaufen! ... Halt, da ist noch dieselbe Remuneration, die ich von deinem

Herrn bekam: du Hellerbüchse von Witz, du Taubenei von Manierlichkeit! Ei, wenns der Himmel doch so gefügt hätte, daß du auch nur mein Bastard wärst! Zu welchem freudigen Vater würdest du mich machen! ... Geh, Kleiner, du triffst es *ad unken*, den Nagel auf den Kopf, wie man zu sagen pflegt!

HOLOFERNES: Oho, ich wittere falsches Latein ... für *ad unguem.*

ARMADO: Gelahrter Mann, *praeambula*, wir wollen uns abscheiden von den Barbaren. Disziplinierte Ihr nicht *pueritiam* in dem Scholarchengebäude auf dem Haupte des Gebirges?

HOLOFERNES: Oder auf *mons*, dem Hügel.

ARMADO: Je nach Eurem gütigen Wohlgefallen, statt des Gebirgs.

HOLOFERNES: Also tue ich, *senza dubbio.*

ARMADO: Sir, es ist des Königs allerliebstes Wohlmeinen und Affektion, die Prinzessin zu beglückwünschen in ihren Pavillionen, in den Posterioribus des Tages, welche der rohe Pöbel nennt – »Nachmittag«.

HOLOFERNES: Die Posteriora des Tages, höchst edelmütiger Ritter, sind adäquat, kongruent und anfügsam für den Nachmittag; das Wort ist selekt, erlesen süß und würzig, das beteuere ich, hochansehnlicher Herr, das beteuere ich!

ARMADO: Herr, der König ist ein wackrer Edelmann und mein vertrauter, ich darf sagen, mein sehr guter Freund – was innerlich unter uns vorgeht, dessen sei nichts erwähnt. Ich bitte dich, gedenke nicht dieses Zeremoniells, ich bitte dich, laß dein Haupt gedeckt! – und benebst andern gewichtvollen und höchst ernstlichen Entwürfen … und gewiß von nachdrücklichem Gewicht – aber dessen sei nichts erwähnt – denn ich muß dir sagen, es ist Seiner Majestät gefällig – beim Sonnenlicht! – manchmal sich zu lehnen auf meine unwürdige Schulter und mit ihren königlichen Fingern so zu tändeln mit meinem Auswuchs, meinem Knebelbart: allein, süßes Herz, dessen sei nichts erwähnt. Beim Licht des Äthers! ich trage dir keine Fabeln vor; manche sonderliche und ausbündige Ehren gefällt es seiner Machtvollkommenheit zu erweisen dem Armado, einem Soldaten, einem Vielgewanderten, einem, der die Welt gesehn – aber dessen sei nichts erwähnt. Der eigentliche Kern deß allen ist – aber, süßes Herz, ich flehe um Verschwiegenheit! – daß der König verlangt, ich solle die Prinzessin, sein holdes Lamm, regalieren mit einer vorzüglichen Ostentation, Prunkschau, einem Aufzug, Mummenschanz oder Feuerwerk. Nun, wohl wissend, wie der Pfarrer und Euer süßes Selbst tüchtig seid für dergleichen Ausbruch und plötzlichen Erguß der Hilarität, habe ich Euch hievon verständiget, in Absicht, Euren Beistand in Ansprache zu nehmen.

HOLOFERNES: Ritter, dann müsset Ihr die neun Helden vor ihr agieren. Sir Nathanael – was da anbelanget eine Zeitkürzung, eine Schaustellung in den Posterioribus dieses Tages, welche aufgeführet werden soll durch unsre Mitwirkung, auf der Majestät Gebot und dieses höchst galanten, illustrierten und gelahrten Edelmannes vor der Prinzessin, behaupte ich nicht *eines* so angemessen als eine Darstellung der neun Helden!

NATHANAEL: Wo finden wir Männer, die heldenhaft genug sein, sie darzustellen?

HOLOFERNES: Den Josua, Ihr selbsten; ich oder dieser tapfre Edelmann, den Judas Makkabäus, dieser Schäfer hier, vermöge seiner großen Struktur und Gliederfügung, soll Pompejus den Großen übernehmen; der Page den Herkules.

ARMADO: Verzeiht, Herr, ein Irrtum: er hat nicht Quantität genug für jenes Helden Daumen, er ist nicht so dick als der Knopf seiner Keule.

HOLOFERNES: Vergönnet man mir Anhörung? Er soll den Herkules agieren in seiner Minorennität, sein Auftreten und sein Abschreiten soll sein die Erdrosselung des Lindwurmes, und ich werde eine Apologie für diesen Endzweck in Bereitschaft halten.

MOTTE: Vortrefflich ersonnen! Wenn dann einer von den Zuhörern zischt, so könnt ihr rufen: »Recht so, Herkules, nun würgst du die Schlange!« So gibt man den Fehlern eine Wendung, obgleich wenige gewandt genug sind, das mit Anstand auszuführen.

ARMADO: Und das Residuum der Heldenzahl?

HOLOFERNES: Drei will ich selbsten spielen!

MOTTE: Dreimal heldenhafter Mann!

ARMADO: Soll ich euch etwas anvertrauen?

HOLOFERNES: Wir horchen auf.

ARMADO: Wann dies nicht erkleckt, agieren wir einen Mummenschanz. Ich ersuch euch, kommt!

HOLOFERNES: *Animo*, Gevatter Dumb! Du hast die ganze Zeit kein Wort gesagt.

DUMM: Auch keins verstanden, Herr.

HOLOFERNES: *Andiamo*, wir wollen dich anstellen.

DUMM: Ich will eins tanzen, oder so; oder ich will den Helden eins auf der Trommel spielen, dann sollen sie den Bauerntanz drehn.

HOLOFERNES: Ja, du ehrlicher, dümblicher Dumb; wir wolln an die Arbeit gehn.

Sie gehn ab

Zweite Szene

Vor dem Zelte der Prinzessin

Die Prinzessin und ihre Damen treten auf

PRINZESSIN: Kinder, man macht uns reich, bevor wir reisen,
Wenn Angebind in solcher Fülle kommen:
Ein Fräulein, eingefaßt in Diamanten!
Seht, was mir sandte der verliebte Fürst.

ROSALINE: Kam sonst, Prinzessin, nichts mit dem Geschenk?

PRINZESSIN: Nichts andres? Ja, so viele Liebesreime,
Als nur ein ganzer Bogen in sich faßt:
Zwei Seiten, eng geschrieben, Rand und alles,
Und Amors Bild ins Siegelwachs gedrückt.

ROSALINE: So kam der kleine Gott einmal ins Wachstum,
Der seit fünftausend Jahren blieb ein Knabe.

KATHARINE: Ja, und ein arger Galgenschelm dazu.

ROSALINE: Ihr seid ihm gram, er tötet' Eure Schwester.

KATHARINE: Er machte sie schwermütig, trüb und ernst,
Und also starb sie, war sie leicht wie Ihr;
So lust'gen, muntern, flatterhaften Sinnes,
Großmutter könnt sie werden, eh sie starb:
Und Ihr wohl auch, denn leichtes Herz lebt lang.
ROSALINE: Wollt Ihr das dunkle »leicht« uns nicht erleuch-
[ten?
KATHARINE: Leicht zündend Licht in einer dunkeln Schön-
[heit.
ROSALINE: Das Licht, das Ihr uns ansteckt, brennt noch dun-
[kel.
KATHARINE: Es möcht Euch brennen, wenn ichs heller
[putzte;
Drum lassen wir die Sache nur im Dunkeln.
ROSALINE: Was Ihr auch immer tut, Ihr tuts im Dunkeln.
KATHARINE: Ihr seid zu leicht, drum scheut Ihr nicht das
[Licht.
ROSALINE: Ich wiege nicht, was Ihr: drum bin ich leicht.
KATHARINE: Was wiegt Ihr denn? Ich weiß von keiner Wiege!
ROSALINE: Nun freilich, Eure Worte wägt Ihr nicht.
PRINZESSIN: Recht hübsch gespielt: der Ball flog hin und her.
Doch, Rosalin, auch Ihr bekamt was Hübsches:
Wer sandt es, und was ists?
ROSALINE: Ich wollt, Ihr wüßtets:
Wär mein Gesicht so hübsch nur als das Eure,
Gleich Hübsches hätt ich dann – bezeug es dies!
Ja, Verse hab ich auch. Dank Herrn Biron!
Die Füße richtig, ging er nicht darauf
Zu weit, ich wär der Erde schönste Göttin,
Denn er vergleicht mich zwanzigtausend Schönen.
O, mein Gemäld entwarf er in dem Brief!

PRINZESSIN: Und malt er gut?
ROSALINE: O ja, des Briefs Buchstaben, nicht mein Lob.
PRINZESSIN: So schön wie Tinte! Trefflicher Vergleich!
KATHARINE: Schwarz wie das große B im Vorschreibbuch!
ROSALINE: Ich male nicht, denn ich bin frei von Malen,
  Mein goldner Ausbund roter Initialen;
  O schad um all die Os auf deiner Wange!
PRINZESSIN: Ei, still von Pocken, schweig, du kleine
[Schlange!
  Doch was hat Euch Freund Dumain zugesandt?
KATHARINE: Den Handschuh da.
PRINZESSIN: Wie, nur für *eine* Hand?
KATHARINE: O! nein, ein Paar; um mich zu langeweilen,
  Schrieb er zehntausend schäferhafte Zeilen
  Voll Übertreibung, Schwulst und Heuchelei;
  Schlecht abgefaßt: vollkommne Stümperei!
MARIA: Dies und die Perlenschnur schickt Longaville,
  In jedem Dutzend Worte zwölf zuviel.
PRINZESSIN: Gewiß, mit dieser Sendung steht es schief;
  Warum nicht längre Kett und kürzern Brief?
MARIA: Das war ein Wort an Füll und Inhalt tief.
PRINZESSIN: Wie klug, die Liebenden so zu verlachen!
ROSALINE: Wie dumm, daß sie erkaufen schwer dies Lachen!
  Dem Biron will ich schlimme Händel machen.
  O hatt ich auf acht Tag ihn nur gefangen,
  Er sollte kriechen, wedeln, betteln, bangen,
  Nach Stund und Zeit und Wink sich drehn und wenden,
  In leeren Reimen seinen Witz verschwenden,
  Mir Sklavendienste tun aus aller Macht,

Stolz, daß er stolz mich Höhnende gemacht:
So wundergleich beherrschte mein Gebot ihn,
Daß er als Narr mir folgte, der Despotin.

PRINZESSIN: So fest sitzt keiner, ward er erst gefangen,
Als der aus Witz in Torheit eingegangen.
Torheit, in Weisheit ausgebrütet, stützt
Auf Weisheitgrund sich, und die Schule nützt,
Daß Anmut, Witz, all die gelehrten Gilden
Vollständig den anmut'gen Narren bilden.

ROSALINE: Nie brennt der Jugend Blut so wild empört
Als strenger Ernst, wenn Mutwill ihn betört.

MARIA: Torheit der Narrn ist minder scharf geprägt
Als Narrheit, die im weisen Mann sich regt;
Denn alle Kraft des Witzes muß ihm nützen,
Auf Scharfsinn seine Albernheit zu stützen.

Boyet kommt

PRINZESSIN: Seht Boyet! Freude strahlt in seinen Zügen!

BOYET: O, dem Gelächter muß ich fast erliegen!

PRINZESSIN: Was bringst du?

BOYET: Jetzo gilt es, schnell verschanzt:
Verteidigt Euch; Geschütz ist aufgepflanzt!
Eur Friede wird bedroht, man will Euch haschen,
Durch Liebesargument Euch überraschen!
Nun mustert Euern Witz in Reih und Glied:
Wo nicht, verhüllt Euch feig das Haupt und flieht!

PRINZESSIN: St. Amor wider St. Denis im Bunde?
Wer stürmt uns denn mit Seufzern? Spion, gib Kunde!

BOYET: Im kühlen Schatten, unter Feigenbäumen
Wollt ich ein halbes Stündchen schlummernd träumen,

Als, sieh! zu stören die ersehnte Ruh,
Gewandelt kam grad auf den Schatten zu
Der König und sein Anhang. Ich sogleich
Verbarg mich in ein nachbarlich Gesträuch;
Und jetzt vernehmt, was ich daselbst vernommen:
Sie werden gleich verkleidet zu Euch kommen.
Ihr Herold ist ein hübscher Schelm von Knaben,
Dem sie die Botschaft eingetrichtert haben.
Sie ließen ihn Accent und Ton studieren:
»So mußt du reden! so den Arm regieren!«
Doch gleich im Augenblick die Furcht erwächst,
Der Hoheit Anblick bring ihn aus dem Text.
»Denn«, spricht der Fürst, »du wirst ’nen Engel schaun,
Doch fürchte nichts, sprich kühnlich mit Vertraun!«
Der Junge ruft: »Das macht mir keinen Zweifel,
Ich hätte mich gefürchtet, wärs ein Teufel!«
Ein jeder klopft die Schulter ihm und lacht,
Was dreister noch den dreisten Buben macht.
Der rieb den Arm sich so und grinst und schwur:
»So artig sprach noch keine Kreatur!«
Der, mit dem Daum und Finger schnalzend, rief:
»Frisch durch den Strom, und wär er noch so tief!«
Der Dritte tanzt’ und sprach: »Gewonnen Spiel!«
Der Vierte dreht’ sich auf der Fers und fiel –
Und somit taumeln alle hin ins Gras,
So tief und stürmisch lachend ohne Maß,
Daß, läppisch in des Lachens Krampf,
mit Weinen Torheit zu schelten ernste Tränen scheinen.

PRINZESSIN: Im Ernst? Im Ernst? So kommen sie heran?

BOYET: Jawohl! Jawohl! Und staatlich angetan
Als Moskowiten oder Russen; dann
Wird man beteuern, schmeicheln, tanzen, schwören
Und jeder seine Liebesglut erklären
Der eignen Dame, die er leicht erkannt
Am eignen Schmuck, den er an sie gesandt.
PRINZESSIN: So leicht, ihr Herrn? Das möchte noch sich fra-
Denn, Kinder, Masken laßt uns alle tragen [gen:
Und keinem der verliebten Schar vergönnen,
Das Antlitz seiner Schönen zu erkennen.
Wart, Rosaline, nimm mein Kleinod hier,
Dann schwört der Fürst als seiner Liebsten dir.
Dich, Freundin, schmücke meins und mich das deine,
Daß ich Biron als Rosalin erscheine.
Und ihr auch tauscht die Zeichen; falsch belehrt
Irrt jeder Paladin und wirbt verkehrt!
ROSALINE: Nun gut: tragt eure Pfänder recht zur Schau!
KATHARINE: Allein wozu der Tausch, zu welchem Zweck?
PRINZESSIN: Der Zweck des Plans ist, ihren Plan zu stören:
Sie spotten unser nur, die Freier keck,
Und Spott für Spott, das ist allein mein Zweck.
Hat jeder heut sein Herz der falschen Göttin
Recht insgeheim enthüllt, so trifft Gespött ihn,
Wenn wir das nächste Mal uns wiedersehn
Und unverlarvt uns gegenüberstehn.
ROSALINE: Wenn sie zum Tanz uns fordern, weigerst dus?
PRINZESSIN: Ums Himmelswillen, rührt mir keinen Fuß!
Auch auf die schwülst'gen Verse gebt nicht acht,
Und während man sie spricht, seht weg und lacht!

BOYET: Solche Verachtung bringt den Redner um,
Raubt das Gedächtnis ihm und macht ihn stumm.
PRINZESSIN: Drum tu ichs auch; kam einer erst heraus,
Der andern Weisheit, hoff ich, bleibt zu Haus.
Das nenn ich Spaß, wenn Spaß den Spaß vertreibt:
Der ihre weicht, das Feld dem unsern bleibt!
So triumphieren wir: sie müssen fliehn
Und wohl verspottet ihres Weges ziehn!

Trompetenstoß

BOYET: Musik! Verlarvt euch, die Verlarvten nahn.

Die Damen maskieren sich

Es treten Mohren auf mit Musik. Hierauf der König, Biron, Longaville und Dumain, als Moskowiter verkleidet; Motte mit einer Rolle, Musikanten und Gefolge

MOTTE: »Heil euch, ihr Schönheitreichsten dieser Erde!«
BOYET: Schönheiten, reicher nicht als reicher Taft!
MOTTE: »O heiligster Verein holdsel'ger Damen ...

Die Damen drehen ihm den Rücken zu

Der je die Rücken wandt auf Männeraugen ...«
BIRON: »Die Blicke«, Bursch, »die Blicke!«
MOTTE: »Der je die Blicke wandt auf Männeraugen. Aus ...«
BOYET: Aus ist es, allerdings!
MOTTE: »Aus eurer Gnadenfülle gönnt, ihr Engel,
Nicht anzuschaun ...«
BIRON: »*Uns* anzuschaun», du Schlingel!
MOTTE: »Uns anzuschaun mit Augen glanzumfunkelt ...
... anzuschaun mit Augen glanzumfunkelt ...«
BOYET: Ihr habt das Epithet nicht gut gewählt:
Ich rat Euch, nennt es Augen ganzumdunkelt!

MOTTE: Sie hören nicht, das bringt mich ganz heraus!
BIRON: *Das* nennst du Zuversicht? geh fort, du Knirps!
ROSALINE: Was wünschen diese Fremden? Fragt, Boyet;
Wenn unsre Sprache sie verstehn, so laßt sie
Mit schlichtem Wort vortragen ihr Gesuch:
Fragt, was man will!
BOYET: Was sucht ihr bei der Fürstin?
BIRON: Nur ihren Gruß und gnädigen Empfang.
ROSALINE: Was fordern sie?
BOYET: Nur Euern Gruß und gnädigen Empfang.
ROSALINE: Ei nun, den haben sie: so heißt sie gehn!
BOYET: Sie sagt, den habt ihr, könnt nun wieder gehn.
KÖNIG: Sag ihr, wir maßen vieler Meilen Raum,
'nen Tanz mit ihr auf diesem Gras zu messen!
BOYET: Er sagt, sie maßen vieler Meilen Raum,
'nen Tanz mit Euch auf diesem Gras zu messen.
ROSALINE: Ei nicht doch! fragt, wie viele Zoll sie rechnen
Auf jede Meile? Wenn sie viele maßen,
So ist das Maß von *einer* bald gesagt.
BOYET: Durchmaßt ihr Meilen, um hieher zu kommen,
Und viele Meilen, fragt die Fürstin euch:
Wie viele Zoll in einer Meil enthalten?
BIRON: Sagt ihr, wir maßen sie mit müden Schritten!
BOYET: So hört euch selbst.
ROSALINE: Und wieviel müde Schritte
Von all den müden Meilen, die ihr gingt,
Habt ihr gezählt im Wandern *einer* Meile?
BIRON: Wir zählen nichts, das wir für Euch verwenden:
So reich ist unsre Pflicht, so unbegrenzt,

Daß wir Beschwer niemals in Rechnung stellen.
Begnadigt uns mit Eurem Sonnenantlitz,
Daß wir, gleich Wilden, ihm Anbetung zollen.
ROSALINE: Mein Antlitz ist nur Mond, den Wolken decken.
KÖNIG: Glücksel'ge Wolken! Reizendes Verstecken! –
So woll, o Glanzmond, samt den Sternen scheinen
(Und wolkenfrei!) auf unsrer Augen Weinen.
ROSALINE: O mattes Bitten! War ein Wunsch je blasser?
Du flehst um etwas Mondenschein im Wasser!
KÖNIG: Mögt Ihr ein Auf- und Niedergehn uns schenken
Für unsern Tanz? Der Wunsch kann Euch nicht kränken!
ROSALINE: So spiele denn, Musik! Auf, eilt euch, munter:
Musik
Nein, still, kein Tanz mehr, denn der Mond ging unter.
KÖNIG: Nun tanzt Ihr nicht? Was hat Euch so verletzt?
ROSALINE: Erst war ich Vollmond, letztes Viertel jetzt.
KÖNIG: Doch immer Ihr der Mond und ich der Mann:
Noch tönt die Melodie, laß dich bewegen!
ROSALINE: Sie rührt mein Ohr!
KÖNIG: Laß auch den Fuß sich regen!
ROSALINE: Reicht uns die Hand; mit Fremden dünkt uns
Nicht allzu spröde sein. – Wir tanzen nicht. [Pflicht,
KÖNIG: Und gebt die Hand?
ROSALINE: Als Abschieds-Gunstbezeugung.
Der Tanz ist aus, nun macht die Schlußverbeugung.
KÖNIG: Nur noch zwei Takte: schließen wir den Kreis!
ROSALINE: Nein, mehr bekommt Ihr nicht um diesen Preis!
KÖNIG: Nennt selbst ihn: welcher Preis kauft Euer Bleiben?
ROSALINE: Eur Weggehn!

KÖNIG: Nein; der ist nicht aufzutreiben!
ROSALINE: Dann kauft Ihr nichts. Viel Grüß, ihr fremden [Schwalben:
An Eure Masken zwei, Euch selbst 'nen halben.
KÖNIG: Wollt Ihr nicht tanzen, plaudern wir so mehr.
ROSALINE: Dann insgeheim!
KÖNIG: Das grade freut mich sehr!

Sie gehn vorüber und reden leise

BIRON: Weißhändig Kind, ein süßes Wort mit dir!
PRINZESSIN: Milch, Honig, Zucker, Feigen, das sind vier.
BIRON: Zum Naschen hab ich Met, Sekt, Malvoisier,
Die drei im Trumpf gespielt sticht Eure vier.
PRINZESSIN: So will ich nicht auf As und König warten:
Ich trau Euch nicht, Ihr spielt mit falschen Karten.
BIRON: Ein Wort geheim!
PRINZESSIN: Kein süßes!
BIRON: Ein betrübtes.
PRINZESSIN: Das ist zu bitter!
BIRON: Nun, ich denk, Ihr liebt es.

Sie gehn vorüber

DUMAIN: Laßt Euch erbitten! Wechseln wir ein Wort!
MARIA: Nennts!
DUMAIN: Schöne Lady!
MARIA: Wirklich? Schöner Lord:
Das für die schöne Lady!
DUMAIN: Gönnt dem Flehn
Nur eins noch insgeheim, dann will ich gehn.

Sie gehn vorüber

KATHARINE: Habt Ihr ’ne Mask und gingt der Zunge quitt?
LONGAVILLE: Ich weiß, mein Fräulein, Eurer Frage Grund.
KATHARINE: O schnell, ich bin begierig, teilt ihn mit!
LONGAVILLE: Zwei Zungen, schönes Kind, führt Ihr im
Zeig ich Euch *wo*, laßt mir den Vorrat halb. [Mund:
KATHARINE: Sprecht Ihr von »*wo*«? In Frankreich heißts – ein
LONGAVILLE: Ein Kalb heißt Lady? [»Kalb«!
KATHARINE: Nein, ein Mylord Kalb.
LONGAVILLE: Wir teilen uns das Wort.
KATHARINE: O nein, nichts halb!
Es bleibt Euch; tränkts und ziehts als Ochsen groß!
LONGAVILLE: Der Spott gab selber Euch den schlimmsten
[Stoß:
Ihr weissagt Hörner, Fräulein? ist das ehrlich?
KATHARINE: So sterbt als Kalb, dünkt Euch der Schmuck ge-
[fährlich!
LONGAVILLE: Doch eh ich sterb, ein Wort mit Euch allein.
KATHARINE: Blökt nicht zu laut, der Metzger hört Euch
[schrein!

Sie gehn vorüber

BOYET: Schalkhafter Mädchen Zunge kann zerschneiden,
Wie allerfeinst geschliffner Messer Klingen,
Das kleinste Haar, das kaum zu unterscheiden;
Den tiefsten Sinn des Sinns geschickt durchdringen:
Auf Hügeln stürmt ihr Witz durch alle Schranken,
Schneller als Kugeln, Sturmwind, Blitz, Gedanken.
ROSALINE: Kein Wort mehr, Kinder, schon verstrich die Zeit!
BIRON: So ziehn wir ab, von Spott und Hohn zerbläut!
KÖNIG: Kommt! wer euch naht, einfält’ge Kinder sieht er.

PRINZESSIN: Zwanzig Adieus, ihr frost'gen Moskowiter!
Der König und die Lords ab
Ist das der Witzbund, den die Welt so preist?
BOYET: Kerzen sind sie, und Ihr bliest aus ihr Licht!
ROSALINE: Ins Auge fällt ihr Witz: grob, derb und feist!
PRINZESSIN: O schwacher Witz! Königlich armer Wicht!
Ich fürchte, daß er noch vor Nacht sich hänge:
Nie ohne Maske darf er mehr erscheinen.
Biron, dem Dreisten, rissen alle Stränge!
ROSALINE: Sie waren sämtlich nahe dran zu weinen:
Der König hätt in Ohnmacht bald gelegen!
PRINZESSIN: Biron kam fast vor heft'gem Schwören um!
MARIA: Dumain bot sich zum Dienst und seinen Degen;
Non, sagt ich, *point*: gleich war mein Diener stumm.
KATHARINE: Longaville sprach, sein Herz halt' ich gepreßt ...
Ich sei – was meint Ihr?
PRINZESSIN: Ein Polyp im Herzen?
KATHARINE: Wahrhaftig, ja!
PRINZESSIN: Geh, schlimmer du als Pest!
ROSALINE: Traun! simple Bürger hört ich besser scherzen.
Doch denkt: mir hat der König Treu geschworen!
PRINZESSIN: Und Birons Geist hat nur für mich noch Raum!
KATHARINE: Lord Longaville ward nur für mich geboren!
MARIA: An mir hält Dumain fest, wie Rind' am Baum!
BOYET: Fürstin und holde Dämchen, glaubt es mir,
Nicht lange währts, so sind sie wieder hier,
In eigner Form: ihr mögt mir fest vertraun,
Sie werden nicht so herben Spott verdaun.
PRINZESSIN: *Sie* wiederkommen?

BOYET: Ja, mit Freudensprüngen,
Wie lahm gebläut sie auch von dannen gingen:
Drum, die Geschenke tauscht, und kommen sie,
Erblüht wie Rosen in des Sommers Früh!
PRINZESSIN: Wie, blühn? Sprich deutlich, ohne diese Possen.
BOYET: Maskierte Fraun sind Rosen unerschlossen,
Doch ohne Maske gleich Damaskus' Rosen,
Entwölkte Engel, die mit Blüten kosen!
PRINZESSIN: Fort mit dir, Unverstand! Was soll geschehn,
Wenn wir sie ohne Maske wiedersehn?
ROSALINE: Folgt meinem Rat, o Fürstin und ihr Schönen,
Laßt uns erkannt, wie unerkannt, sie höhnen.
Wir klagen, welch ein Spuk uns heimgesucht,
Den Moskowiter albern hier versucht!
Fremd tun wir, fragen, wer die Narrn gewesen,
Die all den schalen Wortkram auserlesen:
So schlechten Prologus, so garst'ge Tracht
Als Fastnachtspiel vor unser Zelt gebracht.
BOYET: Fräulein, beiseit! der Feind ist in der Nähe!
PRINZESSIN: Husch, eilt ins Zelt, wie aufgescheuchte Rehe!

Die Damen gehen ab

Es treten auf der König, Biron, Longaville und Dumain in ihrer eignen Tracht

KÖNIG: Gott grüß Euch, schöner Herr, wo ist die Fürstin?
BOYET: In ihrem Zelt. Gefällts Eur Majestät,
Mir Euern Auftrag gnädig zu vertraun?
KÖNIG: Ersucht sie um Gehör nur auf ein Wort.
BOYET: Das tu ich; und auch sie wirds tun, Mylord.

Er geht hinein

BIRON: Der gute Freund pickt Witz, wie Tauben Spelt,
Und gibt ihn von sich, wie es Gott gefällt.
Er ist ein Witzhausierer, kramt ihn aus
Auf Kirmes, Jahrmarkt, Erntebier und Schmaus.
Und uns Großhändlern will es nicht gelingen,
Die Ware so geschickt in Kurs zu bringen!
Die Mädel kann er an den Ärmel schnüren:
Als Adam würd er Eva selbst verführen!
Er schneidet vor, er lispelt, tut galant;
Er wars, der fast sich weggeküßt die Hand!
Er, aller Moden Affe, Prinz Manierlich,
Wenn er im Brettspiel würfelt, flucht er zierlich
Mit feinster Auswahl; ja er singt Tenor
Im Chor mit Glück; und stellt er jemand vor,
Das tu ihm einer nach! Er heißt *»der Süße«*!
Die Trepp, ersteigt er sie, »küßt ihm die Füße«!
Er lächelt, wie das Blümchen, jeden an
Und zeigt geschickt den elfnen, weißen Zahn!
Wer ihn vergaß, nennt noch im Todesbett
Ihn mindstens »honigzüngiger Boyet«!
KÖNIG: Auf seine Honigzung ein Dutzend Blattern!
Armados Pagen stört allein *sein* Schnattern!

Die Prinzessin, Rosaline, Maria, Katharine, Boyet und Gefolge treten auf

BIRON: Da kommt er. Courtoisie, was war dein Tun,
Eh dieser Mensch dich annahm? und was nun?
KÖNIG: Holdsel'ge Fürstin, Heil und Segen viel!
PRINZESSIN: Fiel Heil und Segen? – konnten sie nicht stehn?
KÖNIG: Lenkt nicht mein Reden ab von seinem Ziel!

PRINZESSIN: So wünscht geschickter: gern laß ichs geschehn.
KÖNIG: Wir kommen zum Besuch und sind bereit,
Euch einzuführen in der Hofburg Hallen.
PRINZESSIN: Ich bleib im Zelte, bleibt auch Ihr im Eid:
Am Treubruch hat nicht Gott noch ich Gefallen.
KÖNIG: Laßt nicht, was Ihr verschuldet, mich entgelten:
Die Tugend Eures Augs bricht meinen Schwur.
PRINZESSIN: Nennts Tugend nicht! Das Laster müßt Ihr
Denn Treu und Eide bricht das Laster nur! [schelten,
Vernehmt, bei meiner Jungfraunehre, rein
Wie fleckenlose Lilienblüten, schwör ich
(Und sollt ich dulden alle Qual und Pein!):
Nie Eures Hauses Gast zu sein gewähr ich,
So sehr empört michs, brecht Ihr jenen Eid,
Den Ihr dem Himmel lautern Sinns geweiht.
KÖNIG: Wie in der öden Wüste wohnt Ihr hier,
Einsam, verlassen, sehr zu unsrer Schmach.
PRINZESSIN: Dem ist nicht so, mein König, glaubt es mir;
Anmut'ger Scherz und Kurzweil folgt uns nach;
Noch eben sahn wir edle Russen vier.
KÖNIG: Wie, Fürstin, Russen?
PRINZESSIN: Allerdings, Mylord;
Schmuck und galant, voll Anstand und Manier!
ROSALINE: Sprecht wahr, Prinzessin: 's ist nicht so, Mylord!
Die Fürstin, nach dem Modeton der Zeit,
Lobt über die Gebühr aus Höflichkeit!
Uns vier, mein Fürst, besucht' ein Viergespann
Von Russen, wohl ein Stündchen hört ichs an;
Man sprach gar viel und schnell, und in der Stunde

Kam nicht ein kluges Wort aus ihrem Munde.
Ich will sie Narrn nicht nennen, doch das weiß ich:
Sind sie beim Glas, so zechen Narren fleißig!
BIRON: Der Spaß bedünkt mich trocken! … Schönste [Fraun,
Eur Witz macht Weisheit schal; denn wenn wir schaun
Der Sonne Glut mit Augen noch so hell,
Wird Licht uns Nacht: so scharf, so fein und schnell
Sprüht euer Geist, daß seiner Blitze Flammen
Weisheit als schal, Reichtum als arm verdammen.
ROSALINE: Dann seid Ihr weis und reich; denn seh ich [recht …
BIRON: … bin ich ein Narr, ein ganz armsel'ger Knecht!
ROSALINE: Ihr nahmt, was Euer nur, sonst würd ich schmä- [len:
Ists recht, das Wort vom Mund uns wegzustehlen?
BIRON: O, ich bin Eur, samt allem, was ich habe.
ROSALINE: Der ganze Narr?
BIRON: Wollt Ihr noch größre Gabe?
ROSALINE: Sagt, welche Maske wars, die Ihr geborgt?
BIRON: Wo? Welche? Wann? Wozu die Frag an mich?
ROSALINE: Dort, jene, da: der müß'ge Überbau,
Der Schlechtes barg und Beßres trug zur Schau.
KÖNIG: Wir sind durchschaut: sie spotten uns zu Tode!
DUMAIN: Gestehn wirs nur und wendens noch zum Scherz!
PRINZESSIN: Ihr seid bestürzt? Ist Euch nicht wohl, mein Kö- [nig?
ROSALINE: O reibt die Schläfen ihm! Wie seht Ihr blaß!
Seekrank vielleicht, da Ihr von Moskau schifftet?

BIRON: Die Straf hat unser Meineid uns gestiftet!
Das kann nur tragen eine Stirn von Erz!
Hier steh ich: wirf den Pfeil, mit Spott vergiftet!
Mit Hohn zermalmend töte mich dein Scherz:
Dein mächt'ger Geist zertrümmre mich in Scherben,
Mein Stumpfsinn sei durchbohrt von deinem Schwert!
Ich werde nie als Russe um dich werben,
Nie wieder sei ein Tanz von dir begehrt!
Nie auf geschriebne Reden mehr vertrau ich
Noch auf Geplapper knabenhafter Zungen;
Nie mehr verlarvt auf schöne Frauen schau ich,
Noch fleh in Reimen, wie sie Blinde sungen.
Fort, tafftne Phrasen, Klingklang schwacher Dichter,
Hyperbeln, superfein, geziert und schwirrend;
Fort, seidner Bombast, Schmetterlingsgelichter,
Das Grillen mir geblütet, sinnverwirrend:
Euch meid ich; bei dem Handschuh hier, dem weißen
(Wie weiß die Hand sein mag, weiß Gott allein!)
Künftig sei schlicht mein Werben und Verheißen;
Nimm, Grete, dann den Hans, der brav und jung,
Mit hausgebacknem *Ja* und derbem Nein;
Sein Herz ist fest und *senza*, Riß und Sprung.
ROSALINE: Kein *senza*, bitt ich.
BIRON: Ei, noch hab ich Hang
Zur alten Wut; ertragt mich, ich bin krank;
Nur allgemach kommt Beßrung. Wies auch sei,
Schreibt: *»Herr, von Pest erlös uns!«* auf die drei,
Denn sie sind angesteckt: sie mußten saugen
Das böse Gift aus euern schönen Augen.

Die Ritter trafs: euch wird es auch erreichen –
Tragt ihr nicht schon verhängnisvoll die Zeichen?
PRINZESSIN: Nein, frei sind, die die Zeichen uns beschert!
BIRON: Wir sind verurteilt, konfisziert, zerstört.
ROSALINE: Da seht, wohin ein bös Gewissen führt!
Ihr klagt und nennt euch jetzt schon kondemniert?
BIRON: O traut ihr nicht, sie wird durch nichts gerührt!
ROSALINE: Wollt Ihr, daß ich die Rührung so verschwende?
BIRON: Sprich immerzu, mein Scharfsinn ging zu Ende.
KÖNIG: Lehrt, holde Jungfrau, wie solch schwer Vergehn
Entschuldigt sei.
PRINZESSIN: Am schönsten durch Gestehn.
Wart Ihr nicht eben hier in fremder Tracht?
KÖNIG: Ja, Fürstin.
PRINZESSIN: Und Ihr kamt mit Vorbedacht?
KÖNIG: Ja, schöne Herrin.
PRINZESSIN: Nun dann, ohne Scheu,
Was schwurt Ihr Eurer Dame? sagt es frei!
KÖNIG: Daß nichts auf Erden meiner Liebe gliche!
PRINZESSIN: Und glaubt sies Euch, so laßt Ihr sie im Stiche.
KÖNIG: Auf meine Ehre, nein.
PRINZESSIN: Still, nur kein Schwören;
Meineid'ge können nicht durch Eid betören!
KÖNIG: Brech ich den Schwur, straft mich, wie ichs verdiene!
PRINZESSIN: Das will ich, drum bewahrt ihn! – Rosaline,
Was flüsterte der Russe dir ins Ohr?
ROSALINE: Er sagte mir viel süße Dinge vor,
Wie er mich höher schätz als alle Welt,
Als Aug und Licht; und schloß, ein treuer Werber,
Verschmäht ich ihn, dann als mein Ritter sterb er.

PRINZESSIN: Gott schenk dir Glück mit ihm; der edle Lord,
Recht königlich behauptet er sein Wort.
KÖNIG: Wie meint Ihr das? Auf Ehr und Redlichkeit,
Nie schwur ich dieser Dame solchen Eid.
ROSALINE: Gewiß, Ihr schwurt! Ihr schient so fromm und [bieder
Und schenktet mir dies Pfand: hier habt Ihrs wieder!
KÖNIG: Der Fürstin bot ich Treu und Unterpfand,
Ich hatt am Ärmelgoldreif sie erkannt.
PRINZESSIN: Verzeiht, sie trug die Diamantenschnur,
Und mein ist Herr Biron, dank seinem Schwur.
Wollt Ihr mich selbst? Wollt Ihr die Perlenbinde?
BIRON: Von beiden keins, fahrs hin mit günst'gem Winde!
Nun wird mirs klar, Ihr hattet ausgeheckt,
Nachdem man Euch verriet, was wir versteckt,
Uns auszupfeifen wie 'nen Christnachtschwank.
Ein Klatschheld nun, ein Geck, ein Saltimbank,
Ein Tellerjunker, Witzbold, Charlatan,
Ein Harlekin, ein schmeid'ger Gliedermann,
Der sein Gesicht in Falten alt gelächelt,
Der, wenn sie winkt, der gnäd'gen Dame fächelt
Und jede lust'ge Frau zu lachen macht,
Er lauscht' es ab und hat es angebracht!
Die Damen tauschten die Geschenk, und wir,
Getäuscht vom Zeichen, huldigten der *Zier*!
Nun schreckt uns neuen Meineids grause Irrung,
Vorsätzlich erst, und diesmal durch Verwirrung!
Wer uns den Spaß verdarb ... *(zu Boyet)* Ihr warts allein,

Der uns verführt, noch einmal falsch zu sein,
Ihr seid der Schönen ew'ger Blumenstreuer,
Meßt ihren Fuß, singt ihrer Augen Stern,
Steht zwischen ihrem Stuhl, Herr, und dem Feuer,
Reicht Teller hin, spaßt übermäßig gern;
Geht, Hofnarr! Wer, als Ihr, stört unsern Knaben?
Geht! Laßt im Weiberhemd Euch einst begraben! ...
Noch immer grinst Ihr? Eures Auges Schielen
Trifft wie ein bleiern Schwert!

BOYET: O muntres Zielen!
Wie brav er rannt, auf Hieb und Stoß gewärtig!

BIRON: Gleich sprengt er wieder an; halt! Ich bin fertig,

Schädel kommt

Ha, *echter* Witz! Du trennst ein hübsches Stechen!

SCHÄDEL: O jemine, Herr, gebt uns Bericht,
Solln die drei Helden kommen oder nicht?

BIRON: Sinds denn nur drei?

SCHÄDEL: Nein, Herr, es steht gar fein,
Denn jede Perschon macht drei.

BIRON: Und dreimal drei macht neun.

SCHÄDEL: Nicht so, Herr, ich hoffe, es ist nicht so. Ihr könnt uns nicht übertölpeln, das versichere ich Euch, Herr; wir wissen auch, was wir wissen. Ich hoffe doch, Herr, dreimal drei ...

BIRON: Ist nicht neun?

SCHÄDEL: Mit Vergunst, Herr, wir wissen schon, wieviel es austrägt.

BIRON: Beim Jupiter! ich habe immer gemeint, dreimal drei mache neun.

SCHÄDEL: Ach je! Da wärs ein Jammer, wenn Ihr Euer Brot mit Rechnen verdienen müßtet, Herr!

BIRON: Wieviel ists denn?

SCHÄDEL: Ei herrje, die Parten selbst, die Spielperschonen, die werdens Euch gleich weisen, was es austrägt. Ich für meinen Part soll, wie sie sagen, nur eine Perschon verspielen, nur eine arme Perschon: Pumpelmus den Großen, Herr!

BIRON: Bist du einer von den Helden?

SCHÄDEL: Sie haben sichs ausgedacht, ich wäre der rechte Held für Pumpelmus den Großen; was nun meine Perschon betrifft, so kenne ich das Gewicht dieses Helden nicht so recht; aber es ist meine Sache, mich für ihn zu stellen.

BIRON: Gut, fangt nur immer an.

SCHÄDEL: Gebt acht, wir machens schmuck, setzen allen Fleiß daran.

Ab

KÖNIG: Biron, wir müssen uns schämen: geh, laß sie nicht [herein!

BIRON: Mit dem Schämen ists abgetan, und Schaden bringt es [nie,
Wenns schlechter gerät, als wirs gemacht, des Königs [Kompanie.

KÖNIG: Ich sage, laßt sie weg!

PRINZESSIN: Laßt mich, mein König, meistern dies Geheiß:
Spaß dünkt erst hübsch, wenn er um sich nicht weiß,
Wenn Eifer ringt nach Gunst, und Kunst erstirbt
In jenem Eifer, der so tätig wirbt.
Verfehlte Form wird Form für neuen Spaß;
Man lacht des Bergs, der einer Maus genas.

BIRON: Ein treulich Bild von unserm Spiel, o Herr!

Armado tritt auf

ARMADO: Gesalbter, ich flehe um so viel Aufwand deines königlichen geliebten Atems, als erforderlich ist für ein paar Worte.

Er spricht heimlich mit dem König und überreicht Papiere

PRINZESSIN: Dient dieser Mann Gott?

BIRON: Warum fragt Ihr das?

PRINZESSIN: Er spricht nicht wie ein Mann, den Gott erschaffen hat.

ARMADO: Das ist alles eins, mein holder, süßer Honigmonarch; denn ich beteure, der Schulmeister ist übertrieben phantastisch, ja, zu eitel, zu, zu eitel! Aber stellen wir die Sache, wie man zu sagen pflegt, auf *fortuna della guerra*. – Ich wünsche dir den Frieden des Gemüts, allerköniglichster Seelenverein!

KÖNIG: Das wird ein treffliches Heldenspiel werden; er agiert den Hektor von Troja, der Schäfer Pompejus den Großen, der Dorfpfarrer Alexandern, Armados Page den Herkules, und der Schulmeister den Judas Makkabäus.
Und bringt der erste Akt den vier Helden keinen Schimpf,
So wechseln sie die Tracht und spielen die andern fünf.

BIRON: Fünf werden sogleich erscheinen.

KÖNIG: Da irrt Ihr, sollt ich meinen.

BIRON: Der Schulmeister, der Eisenfresser, der Heckenpriester, der Tölpel und der Junge:
Ein Cinquenwurf im Novum! und bis zum Jüngsten Tag
Findt keiner fünf dergleichen, vom echtesten Helden-[schlag.

KÖNIG: Da segelt ihr Schiff heran, wie mans nur wünschen [mag.

Schauspiel der neun Helden
(auf der Hinterbühne)

Schädel tritt auf als Pompejus

SCHÄDEL: *Pompejus ich ...*

BIRON: Du lügst, du warst es nie!

SCHÄDEL: *Pompejus ich ...*

BOYET: Mit Pardelkopf am Knie!

BIRON: Brav, alter Schalk, mit dir muß ich Freund werden.

SCHÄDEL: Pompejus ich, Pompejus ich, benamt der dicke [Held ...

DUMAIN: Der Große!

SCHÄDEL: Richtig! Groß! ... benamt der große Held,
Der oftmals wild mit Tartsch und Schild die Feinde schlug [im Feld:
Ich fuhr daher auf offnem Meer, bis wir gelandet sind,
Und leg den Speer vor die Füße quer dem fränk'schen Kö- [nigskind.
Wenn Eure Hochgeborenheit jetzt spräche: »Dank, Pompejus!«, I so wär ich zu Ende.

PRINZESSIN: Großen Dank, großer Pompejus!

SCHÄDEL: So viel ists nicht wert; aber ich will hoffen, ich war perfekt; einen kleinen Fehler macht ich bei dem »Großen«.

BIRON: Meinen Hut gegen einen Sechser: Pompejus liefert uns den besten Helden!

Nathanael kommt als Alexander

NATHANAEL: Ich tät als Weltregent das Weltrevier durchwan- [dern,
Durch Ost, West, Nord und Süd zog ich mit Heeresmacht;
Mein gutes Wappenschild nennt laut mich Alexandern …

BOYET: Eure Nase da spricht nein, sie steht zu grad im [G'sicht!

BIRON: Eure Nase da riecht nein, mein gar feinriechender [Wicht.

PRINZESSIN: Der Weltregent erschrickt; o stört ihn nicht, ihr [andern!

NATHANAEL: Ich tät als Weltregent das Weltrevier durchwan- [dern! …

BOYET: Sehr wahr, das tatst du, stolzer Alexander!

BIRON: Großer Pompejus!

SCHÄDEL: Euer Knecht und Schädel.

BIRON: Weg da mit dem Weltregenten, schafft mir den Alexander weg!

SCHÄDEL: O Herr, Ihr habt Alexandern, den Weltregenten, über den Haufen geworfen! *(zu Sir Nathanael)* Euch wird man wegen der Geschichte aus Euerm bunten Rock herausschälen. Euern Löwen, der mit der Hellebarde in der Pfote auf dem Nachtstuhl sitzt, wird man dem *Cacamillus* geben, und der wird dann der neunte Held sein. Ein Eroberer, der sich fürchtet zu sprechen! Pfui, lauft, Alexander!

Nathanael ab

's ist, mit Euer Gnaden Wohlmeinen, ein närrischer weichherziger Mann… ein ehrlicher Mann, seht Ihr, und gleich aus der Verfassung. Es ist so ein gutes Gemüt von

Nachbarn und ein so wackrer Kegelschieber; aber was den Alexander betrifft, lieber Gott, da seht Ihr, da ists freilich so was, da kommt er zu kurz. Aber jetzt kommen Helden, die werden ganz anders von der Leber weg reden.

PRINZESSIN: Tritt beiseit, würdiger Pompejus.

Holofernes als Judas und Motte als Herkules treten auf

HOLOFERNES: Den großen Herkules spielt dieser Knirps,
Der Cerbrus totschlug, den dreiköpf'gen *canis*;
Der schon als Säugling als ein kleiner *stirps*,
Die Schlangen hat erstickt in seiner *manus*.
Quoniam er kommt noch minorenn allhie,
Ergo verfaßt ich dies' Apologie.
(zu Motte) Gib Ansehn dir beim *exit* und verschwinde!

Motte ab von der Hinterbühne

Judas bin ich …

DUMAIN: Ein Judas!

HOLOFERNES: Nicht Ischariot, Herr!
Judas bin ich, benamset Makkabäus.

DUMAIN: Wamst man den Makkabäus, triffts den Judas!

BIRON: Ein küssender Verräter! Wie wardst du zum Judas?

HOLOFERNES: Judas bin ich …

DUMAIN: Ei, so schäme dich doch, Judas!

HOLOFERNES: Wie meint Ihr, Herr?

BOYET: Der Judas soll hingehn und sich hängen!

HOLOFERNES: So geht mir mit dem Beispiel voran, mein Holder!

BIRON: Allerdings, es war ein Holderbaum, an dem sich Judas aufhing.

HOLOFERNES: Ihr werdet diesen meinen Kopf nicht aus der Fassung bringen!

BIRON: Wenn mans recht faßt, hast du gar keinen Kopf!

HOLOFERNES: Was wäre denn dieses?

BOYET: Ein Lautenkopf!

DUMAIN: Ein Nadelkopf.

BIRON: Ein Totenkopf auf einem Ringe!

LONGAVILLE: Der Kopf einer alten Gemme, kaum zu erkennen!

BOYET: Der Knopf von Cäsars Degen.

DUMAIN: Der geschnitzte Pfropf an einem Pulverhorn.

BIRON: St. Georgs Halbgesicht auf einer Schaumünze.

DUMAIN: Ja, auf einer bleiernen Schaumünze.

BIRON: Ja, wie ein Zahnarzt sie an der Kappe trägt; und nun sprich weiter, denn wir haben dir den Kopf gewaschen.

HOLOFERNES: Ihr habt ihn mir ganz verdreht!

BIRON: Wir haben ihn dir zurechtgesetzt.

HOLOFERNES: Und habt ihn selber schon so oft verloren!

BIRON: Und wenn du ein Löwe wärst, so hätten wir dich geschoren!

BOYET: Drum, weil du ein Köter bist, muß man dir Esel bohren; und so gehab dich wohl, du Narr, und trolle dich stracks: rotbärtiger Fuchs, krummbeiniger Dachs, Juddachs, halb Jude, halb Dachs!

HOLOFERNES: Das ist nicht säuberlich, nicht artlich, noch großmutig!

BOYET: Ein Licht für den Monsieur Judas, sonst stößt er den Kopf sich blutig!

Holofernes ab

PRINZESSIN: Ach, armer Makkabäus, wie hat man dich gehetzt!

Armado tritt auf als Hektor

BIRON: Verbirg dein Haupt, Achilles; hier erscheint Hektor in Waffen!

DUMAIN: Und wenn mein Spott mich auch selbst treffen sollte, ich will doch jetzt lustig sein!

KÖNIG: Hektor war nur ein Trojaner gegen diesen!

BOYET: Ist das wirklich Hektor?

DUMAIN: Ich denke, Hektor war nicht so dünn gezimmert.

LONGAVILLE: Hatte Hektor solche Waden?

DUMAIN: Waden, beim Himmel, wie Faden!

BOYET: Nein, am schönsten sind seine Dünnbeine.

BIRON: Unmöglich kann dies Hektor sein.

DUMAIN: Er ist ein Gott oder ein Maler, denn er macht Gesichter!

ARMADO: Der speergewalt'ge Mars im Kampf unüberwindlich
Gab Hektorn ein Geschenk …

DUMAIN: Eine vergoldete Muskatnuß!

BIRON: Eine Zitrone!

LONGAVILLE: Mit Näglein durchsteckt.

ARMADO: Still!
Der speergewalt'ge Mars, im Kampf unüberwindlich,
Gab Hektorn ein Geschenk, Burgherrn von Ilion.
Der mut'ge Held fürwahr focht jeden Tag zwölfstündlich
Vom Morgen bis zur Nacht vor seinem Pavillon.
Die Blume nun bin ich …

DUMAIN: Das Unkraut!

LONGAVILLE: Das Gänseblümchen!

ARMADO: Süßer Lord Longaville, zügelt Eure Zunge!

LONGAVILLE: Ich muß ihr vielmehr die Zügel schießen lassen, denn sie rennt gegen Hektor!

DUMAIN: Ja, und Hektor ist ein Windhund.

ARMADO: Der süße Degen ist tot und begraben; liebste Kindlein, verunglimpft nicht das Gebein der Dahingeschiedenen; als er lebte, war er ein mutiger Held. – Jedoch ich will fürbaß in meinem Text. Süßer Königssproß, lenke auf mich das Organ des Gehörs!

PRINZESSIN: Sprich, wackrer Hektor, es ergötzt uns sehr.

ARMADO: Ich adoriere deiner süßen Herrlichkeit Pantoffel!

BOYET: Er mißt seine Liebe nach Fuß und Zoll!

DUMAIN: In Ermangelung einer Elle.

ARMADO: Hektor, der Hannibal darniederwarf ...

SCHÄDEL: Ja, freilich, Gevatter Hektor, mit der Hanne stehts schlimm: zwei Monate wird's her sein!

ARMADO: Was meinst du?

SCHÄDEL: Mein Seel, wenn Ihr nicht den ehrlichen Trojaner spielt, so ists arme Mädel geliefert: sie ist guter Hoffnung! Das Kind renommiert schon im Mutterleibe: es ist von Euch!

ARMADO: Kalumnifizierst du mich vor Potentaten? Du sollst des Todes sterben.

SCHÄDEL: Dann wird Hektor gestäupt werden wegen der Jacquenetta, der er zum Kinde half; und gehängt wegen des Pompejus, dem er vom Leben half!

DUMAIN: Seltner Pompejus!

BOYET: Glorwürdiger Pompejus!

BIRON: Größer denn groß, großer, großer, großer Pompejus! Pompejus der Unermeßliche!

DUMAIN: Hektor zittert.

BIRON: Pompejus glüht; mehr Ates, mehr Ates! Hetzt sie auf, hetzt sie auf!

DUMAIN: Jetzt wird Hektor ihn herausfordern!

BIRON: Ja, und hätte er nicht mehr Mannsblut in seinem Gedärm, als ein Floh zum Abendbrot verzehrt.

ARMADO: Beim Morgenstern, ich fordre dich!

SCHÄDEL: Ich will nicht mit Morgensternen fechten wie die Nachtwächter! Klirren solls, das Eisen soll heraus: hol mir doch einer meinen Degen wieder her!

DUMAIN: Platz für die entzündeten Helden!

SCHÄDEL: In Hemdsärmeln will ich mich schlagen!

DUMAIN: Allerresolutester Pompejus!

MOTTE *(vortretend)*: Liebster Herr, laßt mich Euch ein wenig herabstimmen: seht Ihr denn nicht, daß Pompejus schon seinen Rock auszieht? Was denkt Ihr denn! Ihr kommt um all Eure Reputation!

ARMADO: Edle Herrn und Kriegsfürsten, haltet mir zugut, ich will nicht im Hemde fechten.

DUMAIN: Ihr dürfts nicht ausschlagen: Pompejus hat gefordert!

ARMADO: Süße Seele, ich kann es, und ich will es!

BIRON: Welchen Grund habt Ihr dafür?

ARMADO: Die nackte Wahrheit ist, ich habe kein Hemd; ich gehe in Wolle zur Pönitenz.

BOYET: ’s ist wahr, das ward ihm in Rom auferlegt, weil er kein Leinzeug hatte! Seit der Zeit, ich wills beschwören, besitzt er keins, außer einem von Jacquenettans Wischtüchern – und das trägt er zunächst am Herzen: es ist ein Andenken!

Mercade tritt auf

MERCADE: Heil, Fürstin!

PRINZESSIN: Sehr willkommen, Freund Mercade;
Nur daß du unsre Lustbarkeit hier störst!

MERCADE: Ich nah Euch traurig, Fürstin, meine Botschaft
Weilt auf der Zunge schwer: der König, Euer Vater ...

PRINZESSIN: Tot, fürcht ich?

MERCADE: Ja, mein Auftrag ist gesagt.

BIRON: Jetzt, Helden, fort, die Szene wird bewölkt!

ARMADO: Ich, meinesteils, atme freien Atem; ich schaute den Tag der Kränkung durch den kleinen Spalt der Klugheit, und werde mir Recht verschaffen wie ein Soldat!

Die Helden ab

KÖNIG: Wie gehts, Eur Majestät?

PRINZESSIN: Boyet, trefft Anstalt, ich will fort zu Nacht.

KÖNIG: Nicht so, Prinzessin, ich ersuch Euch, bleibt!

PRINZESSIN: Trefft Anstalt, sag ich! ... Dank, ihr edlen [Herrn,
Für all eur hold Bemühen, und ich bitt euch
Aus neubetrübtem Herzen – ihr entschuldigt,
Oder vergeßt in euerm klugen Sinn
Die Schalkheit und das Necken unsres Scherzes.
Wenn unsre Kühnheit sich zu weit verging
Im Tausch der Rede – eure Höflichkeit
War schuld daran! Lebt wohl, erlauchter Fürst:
Gebeugtes Herz führt nicht behende Zunge.
Entschuldigt, ist mein Dank nicht angemessen
Der wichtigen Gewähr, so leicht erhalten.

KÖNIG: Der Zeiten letzter Augenblick gestaltet
Den letzten Ausgang oft nach dem Bedarf.

Ja, im Entschwinden selber schlichtet sie,
Was lange Prüfung nicht zu lösen wußte!
Und ob der Tochter gramverhüllte Stirn
Der Liebe heiterm Werben nicht vergönnt
Das fromme Wort, das gern bereden möchte:
Dennoch, weil Lieb im Feld zuerst erschien,
Laßt nicht des Kummers Wolke sie verscheuchen
Aus ihrer Bahn! Verlornen Freund bejammern
Ist lange nicht so heilsam noch gedeihlich,
Als sich des neugefundnen Freunds erfreun!

PRINZESSIN: Ich kann Euch nicht verstehn; mein Gram ist [doppelt.

BIRON: Gram faßt ein einfach schlichtes Wort am besten;
Und was der König meint, bezeichn Euch dies.
Um Eure Huld versäumten wir die Zeit
Und spielten falsch mit unserm Schwur: Eur Reiz
Entstellt' uns sehr und wandelt' unser Ziel,
Daß es sich in sein Gegenteil verlor!
So kams, daß wir Euch lächerlich erschienen;
Denn Lieb ist voller Eigensinn und Unart,
Mutwillig wie ein Kind, abspringend, eitel,
Erzeugt durchs Aug und deshalb, gleich dem Auge,
Voll flücht'ger Bilder, Formen, Phantasien
Und wechselt bunt, wie in des Auges Spiegel
Der Dinge Wechsel schnell vorüberrollt.
Wenn, so gescheckte Tracht leichtsinn'ger Liebe
Anlegend, wir in Euren Himmelsaugen
Unziemlich schienen unserm Schwur und Ernst,
Verführt' uns Euer Himmelsauge selbst

Zu Fehlern, die Ihr tadelt! Deshalb, Holde,
Ist unsre Lieb Eur Werk, ists auch der Irrtum,
Den sie erzeugt, abtrünnig wurden wir,
Daß, einmal falsch, Euch ewig dauernd bliebe
(Die Ihr uns falsch wie treu macht!) unsre Liebe.
So läutert Falschheit, Sünde sonst an sich,
Die eigne Schuld und wandelt sie in Tugend!
PRINZESSIN: Wir nahmen Eure Briefe, reich an Liebe,
Die Gaben auch, Botschafter Eurer Liebe,
Und schätzten sie in unserm Jungfraunrat
Für Courtoisie und höflich feinen Witz,
Als müß'ge Zier und Stickerei der Zeit.
Nicht ernstlicher verpflichtet sahn wir uns
In unsrer Würd'gung; deshalb ward Eur Lieben
Nach eignem Maß als leichter Scherz erwidert.
DUMAIN: Die Briefe, Fürstin, zeigten mehr als Scherz!
KÖNIG: Auch unser Blick!
ROSALINE: Wir lasen sie nicht so.
KÖNIG: Jetzt, mit der Stunde letztem Schlag, verheißt
Uns Eure Liebe!
PRINZESSIN: Viel zu kurze Frist,
Zu schließen solchen endlos ew'gen Kauf!
Nein, nein, Mylord, Eur Meineid mahnt Euch schwer:
Ihr seid mit Schuld belastet! Darum hört mich.
Wenn mir zulieb (obgleich kein Grund vorhanden)
Ihr etwas tun wollt, rat ich, *dies* zu tun:
Schwört keinen Eid mir, aber eilt sofort
In eine Siedlung, still und abgelegen,
Entfernt von allen Freuden dieser Welt –

Dort weilt, bis durch der zwölf Gestirne Kreis
Die Sonnenbahn den Jahreslauf vollendet.
Wenn solche Streng und abgeschiednes Leben
Nicht ändern, was Eur heißes Blut gelobt;
Wenn Frost und Fasten, Klaus' und leicht Gewand
Nicht welkt die heitern Blüten Eurer Liebe;
Wenn sie sich prüfungsstark bewährt als Liebe,
Dann, nach Verlauf des Jahrs, erscheinet wieder,
Sprecht dreist mich an, errungen durch Verdienst,
Und bei der Jungfraunhand, die jetzt die deine
Berührt, ich bin dein eigen! ... Bis dahin
Verschließ ich in ein Trauerhaus mein Leid,
In Tränenregen meinen Schmerz ergießend,
Wehmütig eingedenk des Vaters Tod.
Versagst du dies, laß unsre Hände scheiden,
Und aller Herzensanspruch sterb in beiden.

KÖNIG: Versag ich dies, versag ich mehr zu halten,
Um meine Kraft der trägen Ruh zu weihn,
So treffe mich des Todes rächend Walten:
Nun und auf ewig leb ich dir allein.

DUMAIN: Und wer hilft mir aus meinen Kümmernissen?
Ein Weib? ...

KATHARINE: ... ein Bart, Gesundheit, gut Gewissen:
Keins von den dreien, hoff ich, sollt Ihr missen.

DUMAIN: O, sag ich gleich denn: Dank dir, liebste Frau?

KATHARINE: Nicht so, Mylord! Erst über Jahr und Tag –
Dann zeige sichs, was Euer Kinn vermag!
Kommt, wenn zu meiner Fürstin kommt der König:
Hab ich viel Gunst dann, geb ich Euch ein wenig!

DUMAIN: Bis dahin sei dir treuer Dienst geweiht.
KATHARINE: Schwört nicht! Ihr brächt vielleicht auch diesen [Eid!
LONGAVILLE: Was sagt Maria?
MARIA: Wenn zwölf Monden schwanden,
Schmück ich statt Trauer- mich mit Brautgewanden!
LONGAVILLE: Geduldig harr ich, doch die Zeit ist lang!
MARIA: Wie Ihr! Noch seid Ihr allzu jung und schlank!
BIRON: Sinnst du, Geliebte? Holde, schau mich an,
Schau meines Herzens Fenster, schau dies Auge,
Welch flehnde Bitte drin auf Antwort harrt;
Gebeut mir einen Dienst für deine Liebe!
ROSALINE: Oft, Lord Biron, hab ich von Euch gehört,
Eh ich Euch sah. Der Welt vielzüngig Urteil
Bezeichnet Euch als einen dreisten Spötter
Voller Vergleich und Hohn, der tief verwundet,
Den Ihr auf all und jeden Nächsten lenkt,
Der Euers Witzes Gnad anheimgefallen!
Den Wermut nun aus Euerm Hirn zu retten
Und (wenn Ihrs wollt!) zugleich mich zu gewinnen
(Denn ohne dies ist kein Gewinnen möglich!),
Sollt Ihr dies ganze Jahr von Tag zu Tag
Sprachlose Kranke sehn, sollt stets verkehren
Mit siechem Elend: Eur Bemühen sei es,
Mir Euers Witzes angestrengter Laune
Zum Lächeln Ohnmacht selbst und Angst zu zwingen!
BIRON: Den Mund des Sterbenden zum wilden Lachen?
Das könnt Ihr nicht verlangen! 's ist unmöglich;
Scherz rührt die Seele nicht im Todeskampf!
ROSALINE: Das ist der Weg, den spött'schen Geist zu dämp- [fen,
Der Kraft nur schöpft aus jenem nicht'gen Beifall,

Den schal Gelächter stets dem Narren zollt.
Des Scherzes Anerkennung ruht im Ohr
Des Hörenden allein, nicht in der Zunge
Deß, der ihn spricht! Drum, wenn des Kranken Ohr,
Betäubt vom Schall der eignen schweren Seufzer,
Anhört den leichten Spaß, dann fahret fort:
Ich will Euch nehmen und den Fehl dazu.
Doch, wenns Euch abweist, zügelt jene Laune:
Und Euers Fehlers frei find ich Euch wieder,
Durch solche Sinnesändrung hocherfreut!

BIRON: Zwölf Monde? Nun, wenns sein muß: Not bricht
Zwölf Monde treib ich Spaß im Hospital! [Stahl –

PRINZESSIN: Ja, werter Fürst, und also nehm ich Abschied.

KÖNIG: Nein, Teure, gönnt uns noch ein kurz Geleit!

BIRON: Nicht wie im alten Lustspiel endigts heut –
Hans hat kein Gretchen: schade, daß die Damen
Den Ausgang nicht komödienhafter nahmen!

KÖNIG: Still, Freund; das Ende kommt schon, sei nicht bange,
In Jahr und Tag.

BIRON: So spielt das Stück zu lange!

Armado tritt auf

ARMADO: O holde Majestät, vergönnt mir …

PRINZESSIN: War das nicht Hektor?

DUMAIN: Der würd'ge Held von Troja!

ARMADO: Ich will deinen königlichen Finger küssen und Abschied nehmen! Ich tat ein Gelübde: ich schwur Jacquenettan, um ihrer holden Gunst willen den Pflug zu führen drei Jahre lang. Wollt Ihr jedoch, vielgeschätzte Hoheit, den Dialog anhören, welchen die zween gelahrten Männer zusammengestellet zur Verherrlichung der Eule und des Kuckucks? Er sollte dem Ende unsers Schauspiels angefügt werden.

KÖNIG: Ruft sie sogleich, wir wollen sie anhören.

ARMADO: Holla! tretet ein!

Holofernes, Motte, Schädel und andre treten auf mit Musik

Hier stellt sich *Ver*, der Lenz,
Dort *Hiems*, Winter; diesem folgt die Eule,
Der Kuckuck jenem. – *Ver*, beginne nun!

Lied

Frühling:

Wenn Primeln gelb und Veilchen blau
Und Maßlieb silberweiß im Grün
Und Kuckucksblumen rings die Au
Mit bunter Frühlingspracht umblühn,
Des Kuckucks Ruf im Baum erklingt
Und neckt den Ehmann, wenn er singt;
Kuku,
Kuku, Kuku – der Mann ergrimmt,
Wie er das böse Wort vernimmt!

Wenn Lerche früh den Pflüger weckt,
Am Bach der Schäfer flötend schleicht,
Wenn Dohl und Kräh und Täubchen heckt,
Ihr Sommerhemd das Mädchen bleicht,
Des Kuckucks Ruf im Baum erklingt
Und neckt den Ehmann, wenn er singt:
Kuku,

Kuku, Kuku – der Mann ergrimmt,
Wie er das böse Wort vernimmt!

Winter:

Wenn Eis in Zapfen hängt am Dach,
Und Tom, der Hirt, vor Frost erstarrt,
Wenn Hans die Klötze trägt ins Fach,
Die Milch gefriert im Eimer hart,
Die Spur verweht, der Weg verschneit,
Dann nächtlich friert der Kauz und schreit:
Tuhu,
Tuwit tuhu – ein lustig Lied,
Derweil die Hanne Würzbier glüht.

Wenn Sturm dem Giebelfenster droht,
Im Schnee das Vöglein emsig pickt,
Wenn Lisbeths Nase spröd und rot,
Der Pfarrer hustend fast erstickt,
Bratapfel zischt in Schalen weit,
Dann nächtlich friert der Kauz und schreit:
Tuhu,
Tuwit tuhu – ein lustig Lied,
Derweil die Hanne Würzbier glüht.

ARMADO: Die Worte Merkurs sind rauh nach den Gesängen des Apoll. Ihr dorthin; wir dahin.

Alle gehn ab

Nachwort

Elisabeth Bronfen

1. Wortgefechte – Liebeskämpfe

Als einziges der Stücke, die John Heminge und Henry Condell sieben Jahre nach dem Tod Shakespeares als Folioausgabe 1623 veröffentlichten, wurde *Verlorene Liebesmüh* zwischen 1642 und 1839 nicht wieder aufgeführt. Sogar noch bis in die späten 40er Jahre des 20. Jahrhunderts gehörte dieses Stück, das laut der neueren Shakespeare-Forschung im gleichen Zeitraum wie *Ein Sommernachtstraum, Romeo und Julia, Richard II.* und die *Sonette* anzusiedeln ist, zu den unbeliebtesten Komödien Shakespeares. Für diese ursprüngliche Ablehnung sowie die positive Neubewertung in der Literaturkritik, die diese Liebessatire seit der Nachkriegszeit erfahren hat, lassen sich zwei Gründe angeben. Zum einen erscheint auf den ersten Blick, wie Walter Cohen bemerkte, der markanteste Grundzug dieses Stückes – nämlich sein aufdringlicher, obsessiver, sexualisierter geistreicher Wortwitz (*wit*) – ausschließlich dem Zweck zu dienen, die Trivialität der Handlung zu kaschieren. Zum anderen wird die spärliche Abfolge dramatischer Ereignisse durch eine von der Gattung der Liebeskomödie stark abweichende plötzliche und unerwartete Wendung des Geschehens abgelöst. Am Ende der romantischen Verwirrungen und Verwechslungen steht keine Staatshochzeit, sondern der Tod eines Staatsoberhauptes. Nicht der Triumph der Festlichkeiten, die mit dem Liebesspiel einsetzten, bildet die Auflösung des Werbungsszenarios, sondern eine vorübergehende Auflösung aller romantischen Verbindungen. Tatsächlich streng geometrisch konzipiert, beginnt und endet *Verlorene Liebesmüh* mit einem öffentlich vorgetragenen Gelübde der sexuellen Entsagung: Der Schwur des Königs Ferdinand von Navarra und seiner Höflinge, drei Jahre von der Welt abgeschieden sich ausschließlich der gemeinsamen geistigen Tätigkeit zu widmen, wird ersetzt durch das Gebot der Prinzessin von Frankreich und ihrer Hofdamen, alle Hochzeitsverhandlungen um ein Jahr aufzuschieben.

Innerhalb dieses Rahmens einer fehlgegangenen Liebeswerbung finden zwei parallel einsetzende Ereignisse statt, die jeweils eine Störung in dem scheinbar von allem realen politischen Geschehen hermetisch abgegrenzten Hof des Königs Ferdinand mit sich bringen: Die Ankunft der Prinzessin im 2. Akt, die die Geschlossenheit der männerbündlerischen Akademie aufbricht, und die Ankunft des Boten Mercade im 5. Akt, der mit seiner Nachricht vom Tod des Königs von Frankreich alle Liebesspiele zwischen Männern und Frauen auf einen Schlag hinfällig macht. Der Rest der Komödie hingegen beinhaltet nichts anderes als ein Fest verbaler Brillanz, das im Sinne musikalischer Ornamente diese beiden die Handlung vorantreibenden Ereignisse verziert. Unterschiedliche Vorstellungen von geistreicher Wortgewandtheit und höfischen Verhaltensformen, die sowohl in linguistische Exzesse wie auch in gewaltsame Unbarmherzigkeit auszuufern drohen, werden einander gegenübergestellt, während parallel dazu ein Liebeskampf der Geschlechter in Form eines teils schlagfertig angreifenden, teils sentimental verblendeten Wortgefechts ausgetragen wird. Die strenge Stilisierung der Handlungsstruktur, ihre Kargheit an eigentlichen dramatischen Ereignissen einerseits sowie die Fülle an rein zusätzlichen Wortspielen und eingeschobenen theatralischen Aufführungen andererseits, hat nicht nur einige Kritiker, sondern auch den Regisseur Kenneth Branagh dazu veranlaßt, in dieser Liebessatire eine Vorgängerin der Hollywooder *musical revues* der 30er Jahre zu erkennen.[1] In beiden dramatischen Umsetzungen des romantischen Werbungsrituals – mitsamt seinen Mißverständnissen und Verkennungen – wird von einer verwickelten Dramenhandlung und einer psychologisch komplexen Zeichnung der Charaktere zugunsten einer fulminanten Ausschmückung der Theatralik selber abgesehen, deren Zweck vornehmlich ein selbstreferentielles Zelebrieren der Macht der poetischen und – im Fall der *musical revues* – der visuellen und musikalischen Sprache ist. Ganz ähnlich wie in den Tanzfilmen mit Fred Astaire und Ginger Rogers, in denen die Liebeshandlung nur den Rahmen für eingeschobene Tanz- und Gesangsnummern darstellt, in denen die Protagonisten keine psychologische Realität einnehmen, sondern nur Positionen in einer musikalisch vorgetragenen Grammatik der Liebe und die Nebenfiguren im Sinne der *clowns*, die seit

1 Siehe Walter Cohans Vorwort zu *Love's Labour's Lost* in *The Norton Shakespeare*, herausgegeben von Stephen Greenblatt et. al. (New York 1997), sowie William C. Carroll, *The Great Feast of Language in Love's Labour's Lost* (Princeton 1976), S. 7.

der *commedia dell'arte* das europäische Theater bewohnen, die Wünsche, aber auch die Schwächen der Helden entstellt wiedergeben, dreht sich in *Verlorene Liebesmüh* vordergründig alles um verbale Eleganz und Erfindungskraft sowie um deren Pervertierung, den überheblichen und selbstgenügsamen Mißbrauch von Wortgewandtheit.

Nun lassen sich durchaus historisch-politische Wurzeln für diese Komödie finden, die – was für Shakespeares Werk eher ungewöhnlich ist – auf keine literarischen Vorbilder zurückgreift. Wie die Shakespeare-Forschung herausgearbeitet hat, basiert die Figur des Königs Ferdinand zum Teil auf der historischen Gestalt des Heinrich von Navarra, der 1589 König Heinrich IV. von Frankreich wurde und dem man nachsagte, er hätte eine philosophische Akademie gegründet, um sich von der Welt der Politik zurückzuziehen. Die ihn in seinem Vorhaben der Entsagung aller weltlichen Genüsse störende Prinzessin trägt ihrerseits Züge der historischen Margarete von Valois, Tochter des Königs Heinrich II. von Frankreich. Im Jahre 1578 hatte die von ihrem Ehegatten Heinrich von Navarra entfremdete Margarete zusammen mit ihren Hofdamen eine diplomatische Mission der Versöhnung angetreten, um die Herrschaft über Aquitanien neu auszuhandeln, einen Besitz, den sie als Mitgift in die Ehe mitgebracht hatte. Die Verhandlungen zwischen Heinrich und Margarete erfolgten inmitten pastoraler Festivitäten, deren zügelloses Ausleben des Ehebruchs wie ein Hohn auf das vom Königspaar vertretene politische Gelöbnis der Versöhnung wirkte. So bietet es sich durchaus an, die Kampfmetaphorik, die im Stück als »Bürgerkrieg des Witzes« ausgeführt wird, auf den langwierigen blutigen Konflikt zwischen der protestantischen und der katholischen Fraktion zurückzuführen, da dieser Konflikt sich aus dem Bruch der Treuegelübde während dieses Treffens herleiten läßt und schließlich zu einem weiteren Bruch eines Gelübdes führte: dem Übertritt König Heinrichs zum Katholizismus im Jahre 1593. Damit konnte Heinrich zwar seinen Anspruch auf den Thron Frankreichs sichern. Gleichzeitig zog er sich dadurch aber, wenn auch nur vorübergehend, eine harte Kritik von den protestantischen Engländern zu. Wie Walter Cohen ausführt: »Die Verbindung von Sympathie und Verurteilung, die auf den fiktionalen König und sein Gefolge gerichtet wird, die religiöse Ernsthaftigkeit, mit der der Bruch ihres Schwurs schließlich behandelt wird, die Vorstellung einer bedrohlichen Sexualität, die Betonung der Konflikthaftigkeit, die Invasion des Todes in eine Welt der aristokratischen Fröhlichkeit – all diese Elemente sind mit dem historischen Hintergrund vereinbar.«[2] Die Shakespeare-Forschung hat sich zudem ausgiebig damit beschäftigt, Verweise auf zeitgenössische Dichter und Denker herauszuarbeiten, so daß der in *Verlorene Liebesmüh* ausgetragene »Bürgerkrieg des Witzes« ebenso schlüssig als Umgestaltung eines Krieges der aristokratischen Fraktionen am Hof von Königin Elisabeth I. gedeutet werden kann. Wie Frances A. Yates nachgewiesen hat, läßt sich die vom König Ferdinand ins Leben gerufene Akademie als Parodie auf Sir Walter Raleighs petrarkistische *school of night* und de-

2 Siehe Richard Cavids Vorwort zu *Love's Labour's Lost* in *The Arden Shakespeare* (London 1951).

ren Neuplatonismus lesen. Die affektierte Gelehrsamkeit des Holofernes läßt sich hingegen auf Gabriel Harvey, die subversiven Wortspiele Mottes auf dessen Gegenspieler Thomas Nashe beziehen.[3]

So spannend für den Philologen die Spekulation über zeitgenössische Quellen sein mag, betont Anne Barton dennoch ausdrücklich, daß *Verlorene Liebesmüh* zwar eine der erbarmungslos elisabethanischen Komödien Shakespeares sei, daß es gleichzeitig aber keine wirklichen Beweise für etwaige Anspielungen auf den Streit um Sir Walter Raleighs *school of night* gibt. Die Aufwertung des Stückes sowie die Tatsache, daß diese Komödie seit den 50er Jahren deutlich eine Wiedergeburt auf den Spielplänen der anglo-amerikanischen Repertoiretheater erfahren hat, macht sie statt dessen an jener Ambivalenz fest, die *Verlorene Liebesmüh* anfänglich so unbeliebt machte: dem Paradox nämlich, daß die im Stück zur Schau gestellte verbale Brillanz schließlich dazu dient, eine selbstgefällige Rhetorik, die mit hohlen Sprachbildern arbeitet und den Kontext konkreter politischer Situationen wie auch emotionaler Realitäten ausblendet, als gefährlichen Ausdruck der Selbstbezogenheit zu entlarven.[4] Weniger der historische Verweis – ob auf einen politischen Kampf zwischen aristokratischen Fraktionen oder auf einen ästhetischen Kampf zwischen Dichtern – erklärt die plötzliche Renaissance dieser Komödie; brisant hingegen ist

3 Siehe Frances Yates, *A Study of Love's Labour's Lost* (Cambridge 1936) sowie das von Ina Schabert herausgegebene *Shakespeare-Handbuch* (Stuttgart 1978).

4 Siehe Anne Barton Vorwort zu *Love's Labour's Lost* in *The Riverside Shakespeare*, herausgegeben von G. Blakemore Evans (Boston 1974).

die Tatsache, daß die Frage danach, wie eine tragfähige emotionale Sprache der Liebe und der Geselligkeit aussehen könnte, die weder die unumgängliche Faktizität des Todes auszusparen sucht noch eine müßige Belustigung darstellt, die in gedankenlose Grausamkeit umkippen kann, mit der Kritik gepaart wird, welche die Frauen an der Akademie König Ferdinands üben. Denn sowohl der Aufschub der vom Genre der Komödie vorgeschriebenen Eheschließungen als auch die Demontage des ebenfalls von diesem Genre diktierten Geistes sprudelnder Unterhaltsamkeit lassen eine Spannung zwischen der scheinbar banalen, an bedeutsamen Ereignissen kargen Handlung und der finalen Sinnlösung sichtbar werden, deren ideologische Konsequenzen, weit über den historischen Kontext hinausreichend, gerade im Zeitalter der Postmoderne eine markante Resonanz finden können.

Indem *Verlorene Liebesmüh* uns die Entscheidung überläßt, ob wir den hochzeitlichen Erwartungen mehr Gewicht einräumen als deren endgültiger Enttäuschung und ob wir eher die geistreichen Dialoge in den Vordergrund stellen oder die abschließende Zurückweisung dieses höfischen Witzes, liegt auch die Verantwortung bei uns, die dunklen Untertöne der Verkennung und der gewaltsamen Aneignung des anderen (die einem jeden komödienhaften Werbungsspiel sowie dem von ihm angestrebten Heiratskode innewohnt), anzuerkennen oder zu überhören. Weil dieses Stück, mit anderen Worten, ein Fest der poetischen Sprache inszeniert, in dem die unsaubere Schnittfläche zwischen einem maßlosen Mißbrauch von Sprache und einer Faszination durch die Macht der geistreichen Rede wiederholt auf dem Spiel steht, entspricht es unserem postmodernen Beharren auf der Ambivalenz poetischer wie politischer Repräsentationen: einerseits der Freude an freischwebenden Sprachzeichen, am grenzenlosen Spiel der Zitate und der cleveren Selbstverweise, am schillernden *anything goes*, andererseits einem Wissen um die Krise der großen ideologischen Erzählungen und kulturellen Mythen sowie einer Sprachskepsis, die zwar von einer Trübheit des Zeichens bzw. einer jeder Form von Repräsentation inhärenten Differenz ausgeht, dennoch aber den Anspruch eines ethischen Sprechens und Handelns erhebt. Weil Shakespeare zudem die Gefahren einer überbordenden Sprachgewandtheit direkt an die Frage der Liebeswerbung anknüpft und seine Poetik somit verschränkt mit der Frage nach der Rolle, die Männer und Frauen in bezug auf einen Ehevertrag spielen, bei dem es um das Übertragen von Landbesitz und die Überlieferung politischer Macht geht, dient die Auflösung des Liebeskonflikts in *Verlorene Liebesmüh* potentiell einer Herausforderung geschlechtsspezifischer Hierarchien. Gerade im Zeitgeist der Postmoderne mit ihrem Anliegen, jene verschwiegenen Prämissen aufzudecken, die den großen ideologischen Meistererzählungen der westlichen Kultur innewohnen, trifft die Art, wie Shakespeare auf doppelbödige Weise eine Verschränkung von gescheiterten Eheanträgen und dem Scheitern einer höfischen Liebessprache durchspielt, die für unsere zeitgenössische Rhetorik so kennzeichnende Geste der Aporie. Dadurch, daß er mit einer antizipierten, aber aufgeschobenen Eheschließung am Ende seines Stückes für eine der zentralen Meistererzählungen des Patriarchats – für die heterosexuelle Eheschließung als machtvolle Instanz der

Besitzsicherung zwischen Vätern und Söhnen – offenkundig eintritt, obgleich er sie auch heimlich untergräbt, nimmt er mit diesem so lange unbeliebten Stück eine der Kernfragen unserer Zeit vorweg: die Frage nämlich nach jenem tragfähigen ästhetischen Widerstand der Geschlechter innerhalb politischer und gesellschaftlicher Institutionen, den Judith Butler so treffend *gender trouble* nennt. Wie können Frauen im Namen kultureller Kodes, die sie explizit ausschließen, einen Anspruch auf Selbstbestimmung und Selbstartikulation erheben? Welchen Spielraum für eine subversive Selbstdarstellung haben sie, wenn sie, um wahrgenommen zu werden, die sie beschränkenden und somit auch kränkenden symbolischen Gesetze bezüglich der untergeordneten Stelle, die der Frau in der westlichen Kultur zugewiesen wird, immer auch anerkennen und sich aneignen müssen? Wie können weibliche Figuren in unserem kulturellen Bildrepertoire sichtbar und hörbar bleiben, ohne auf eine sie dämonisierende oder sie idealisierende Stereotypie im Sinne des Gegensatzes von Eva und der Heiligen Mutter Maria reduziert zu werden?

2. Die Akademie des Königs

Der Schauplatz für das lustvolle Spiel der Liebesbemühungen bleibt das Stück hindurch konstant: ein Park vor dem Schloß des Königs von Navarra. An diesem umzäunten Ort, der als künstlich gestalteter Außenraum eine Schwelle zwischen Hof und offener Landschaft darstellt, deklariert König Ferdinand die Gründung seiner Akademie und ruft die Herren in seinem Gefolge dazu auf, als tapfere Sieger die »eigne Neigung ... zusamt der ird'schen Lüste mächt'gem Heer« kühn zu bekämpfen. Mit seinem ersten Monolog kündigt der König an, daß es sich bei diesem Park um einen höfischen Kriegsschauplatz handeln wird, an dem mutige Kavalierssoldaten einem von ihnen selbst auserwählten »äußeren« Feind widerstehen werden, um sich ihren ewigen Ruhm zu sichern. Ihr gegenwärtiges Streben nach Enthaltsamkeit von allen weltlichen Genüssen soll ihnen zu einer so übermenschlichen Ehre verhelfen, daß sie – als menschliche Wesen aufgrund ihrer Sterblichkeit immer bis zu einem gewissen Grad entmündigt – zu den unumstrittenen Erben der Zukunft werden. Doch mit dieser Kampfansage gegen die das irdische Dasein prägende Zeitlichkeit wird von Anfang an auch der Widerspruch sichtbar, auf dem diese künstliche Männerakademie beruht: Der Kampf gegen die Sterblichkeit zehrt selber vom Tod. Der von ihnen angestrebte Ruhm wird nicht in der Gegenwart erkämpft, sondern als Inschrift auf einem »erznen Grabe« festgehalten, während ihre Körper zu Staub zerfallen. Der »räuberisch gefräß'gen Zeit« und »des Todes Unzier« können die Kavaliere nur den Glauben an ein Weiterleben des Namens, den sie sich dank ihres hartnäckigem Studiums errungen haben werden, entgegenhalten: einen Namen, von dem sie sich erhoffen, daß er an ihrer Stelle weiterleben wird. Indem die eitle Lust gänzlich der Ausbildung des Intellekts weicht, kann – so das vom König vorgetragene Bemächtigungsszenario – der entkörperlichte Ruhm schon vorzeitig in Form einer strengen Askese gelebt und der Leib mit all seinen Neigungen verfrüht in Buchstaben umgewandelt werden.

Die utopistische Phantasie, eine Lebens- und Arbeitsgemeinschaft zu gründen, die die weltlichen Spuren der Sterblichkeit – die Vergänglichkeit, die Selbstverausgabung, die Versehrtheit – zu verbannen sucht und somit aus der von ihr vertretenen Vorstellung vom irdischen Dasein auch auszusparen hofft, speist sich, apodiktisch formuliert, aus dem Wissen, daß der Tod unumgänglich ist. Damit wird aber von Anfang an noch eine weitere Ambivalenz, die diesem höfischen Kriegsschauplatz eingeschrieben ist, ins Spiel gebracht. Der Park, in dem die Männer mit der Unterschrift ihres Namens den Schwur leisten, sich drei Jahre lang ausschließlich der Philosophie zu widmen, ist von Shakespeare ganz im Sinne Michel Foucaults als heterotopisches Gegenlager zur Normalität konzipiert. Der französische Philosoph hatte diesen Begriff geprägt, um faktisch existierende Räume zu beschreiben, die öffentlichen Institutionen als Gegenplazierungen oder Widerlager eingeschrieben sind: verwirklichte Utopien, die sich außerhalb der gesellschaftlichen Normalität befinden, auch wenn sie eindeutig zu lokalisieren sind. Obwohl sich nun der Park (stellvertretend für die zu errichtende Akademie) deutlich von den Orten des höfischen Alltagslebens unterscheidet, spiegelt er wie jede andere Utopie diese Normalität wider, sagt – als deren Außenseite konzipiert – etwas über sie aus, bezieht sich auf sie. Die von der im Park beschworenen Männerakademie ausgesperrte politische Weltlichkeit bleibt als Realität bestehen, gerade weil die heterotopische Gemeinschaft ihre Lebenskraft vom Ausschluß dieser Öffentlichkeit bezieht. Foucault hebt in seiner Diskussion bezeichnenderweise eine Eigenschaft heterotopischer Gegenlager hervor, die in *Verlorene Liebesmüh* besonders anschaulich durchgespielt wird. Heterotopien verknüpfen tatsächlich existierende Orte mit unmöglichen, phantastischen Positionen. Während sie einerseits für die Figuren so lange real sind, wie diese den heterotopischen Raum bewohnen, sind sie andererseits völlig virtuell, weil ihre Existenz auf einem individuellen oder kollektiven Phantasma beruht. Wie das Stück deutlich macht, existiert die im Park beschlossene Männerakademie nur so lange, wie alle Beteiligten des dort durchgefochtenen »Bürgerkrieg des Witzes« auch am Kriegsschauplatz bleiben. Das von den Frauen im 5. Akt angekündigte Verlassen dieser Bühne läßt rückblickend die Virtualität dieses utopischen, von aller weltlicher Realität abgeschirmten Raumes des Wort- und Liebesspiels erkennen. Doch nicht nur weil seine Existenz an die Anwesenheit der Spieler gebunden ist, erscheint dieser heterotopische Park, in dem eine vollendete Geselligkeit phantasiert und ein teils fulminant geistreiches, teils erbarmungslos grausames Wortgefecht durchgespielt wird, selbst unsicher. Die vom König erträumte Akademie ist so vollkommen gestaltet, der von ihm eingeleitete Krieg der Geschlechter so weltfern preziös, daß sich in beiden *ex negativo* unweigerlich die Versehrtheit und Fehlbarkeit der verbannten sozialen Normalität spiegelt. Als Schwellenort verweist der Park somit also immer auch auf die Versehrtheit der »normalen« Welt, von der dieser heterotopische Schauplatz sich zu entfernen sucht. Daraus läßt sich die Vermutung ableiten, daß der

König sich so entschieden von dieser Weltlichkeit abzugrenzen sucht, weil er von deren unumgänglicher Macht weiß.[5]

Als Phantasma erscheint die von König Ferdinand ersonnene Akademie aber vornehmlich deshalb, weil sie einem Stellvertreterkampf dient. König Ferdinand bittet die Männer in seinem Gefolge, ihren Namen auf den von ihm aufgesetzten Vertrag zu setzen, damit sie die Garantie erhalten, daß die Inschrift ihres Grabes sie auf ewig im kulturellen Gedächtnis ihrer Nachkommen leben lassen wird. Doch diese semiotische Unsterblichkeit – das Erbe der Zukunft in Form eines ewigen Ruhms – wird dadurch erkämpft, daß sie eine ausschließlich männliche Namensabfolge vorschreibt. Der Kampf gegen die Macht der irdischen Zeitlichkeit wird stellvertretend als Kampf gegen den Einfluß, den Frauen auf das Gemütsleben und die sexuellen Neigungen der Männer haben, durchgeführt. Ihnen soll, weil sie den männlichen »Geist zu eitler Lust« verführen, nicht nur drei Jahre lang entsagt werden. Sollte sich innerhalb der gesetzten Frist dennoch eine Frau der Männerakademie nähern, wird sie für diese Grenzüberschreitung analog der in Sophokles' Drama *Tereus* vergewaltigten Philomela mit dem Verlust ihrer Zunge bezahlen. Sollte hingegen einer der Eingeschworenen mit einer Frau reden, »so soll er so viel öffentliche Schmach erdulden, als der übrige Hof nur immer zu ersinnen vermag«.

Mit dieser kollektiv inszenierten Abschwörung vom weib-

5 Siehe Michel Foucaults Aufsatz »Andere Räume« in dem von Karlheinz Barck herausgegebenen Band *Aisthesis. Wahrnehmung heute oder Perspektiven einer anderen Ästhetik* (Leipzig 1990), S. 34-46.

lichen Blick und der weiblichen Zunge entlarvt Shakespeare die im männlichen Traum von der Unsterblichkeit enthaltene Misogynie. Der Krieg gegen die Sterblichkeit, der im Namen eines Glaubens an den ewigen Ruhm unternommen werden soll, setzt die Weiblichkeit als einen zu bekämpfenden inneren Feind voraus. Darin zeigt sich laut Mark Breitenberg deutlich, wie sehr dem männlichen Begehren, die Zeit zu beherrschen, ein gewaltsamer Kern innewohnt: »Männliche Identität wird hergestellt, indem Männer mit ihrem Namen einen Pakt unterschreiben, der sie in Opposition zu der Idee von Weiblichkeit vereinigt, einer Konstruktion der Frau, die diese mit verdorbener Körperlichkeit verbindet. Die Männer reinigen sich von ihrer eigenen Körperlichkeit und Sterblichkeit, indem sie diese auf eine besondere Konstruktion der Frau projizieren.«[6] Die Frau, nicht als konkrete historische Gestalt, sondern als rhetorische Figur, wird somit im 1. Akt des Stückes als jene Instanz eingeführt, die transzendiert oder der entsagt werden muß, damit die Männlichkeit sich läutern und ein Männerbündnis begründet werden kann. Über die Ausgrenzung der als das radikal Andere konstruierten Weiblichkeit können die Männer sich zu einer symbolischen Gemeinschaft zusammenschließen und im Kampf gegen die Bedrohung, die das andere Geschlecht für sie darstellt, den eigentlichen unlösbaren Antagonismus ausblenden, der ihrem geselligen Bündnis wie ein traumatischer Kern innewohnt: das Wissen nämlich, daß weder dem Ver-

6 Mark Breitenberg, »The Anatomy of Masculine Desire in *Love's Labour's Lost*«, *Shakespeare Quarterly* 43.4 (Winter 1992), S. 437.

fall des menschlichen Körpers noch der Zersetzungstendenz eines jeden symbolischen Gemeinschaftskörpers ausgewichen werden kann. Dank einer rhetorischen List, die die Frau als Stellvertreterin aller menschlicher Versehrtheit postuliert, kann der unmögliche Kampf gegen die irdische Zeitlichkeit umgewandelt werden in einen durchführbaren Kampf um Wissenserwerb, der als einfache Opposition zwischen Männern und Frauen ausgetragen wird: Auf dem Schlachtfeld der Geschlechter können sich der König und sein Gefolge einen Sieg zumindest vorstellen.

Wie unsicher diese männerbündlerische Akademie und die sie begründende Kampfansage gegen weibliche Verführungskraft sind, will als einziger Biron wahrhaben – vielleicht weil er von allen Kavalieren der zynischste ist. Anfangs wehrt er sich noch gegen den Schwur, der ihm abverlangt wird, indem er den König darauf hinweist, das jede Lust, vor allem die, die mühevoll den Geist zum Buch wendet, eitel sei und daß ein Wissen, das auf Ausblendung beruht, unweigerlich selbst Züge der Blindheit trägt: »Wahrheit indessen/ Hat täuschend schon des Auges Blick geblendet,/ Licht suchend hat das Licht des Lichts vergessen:/ Und statt zu spähn, wo Licht im Finstern funkelt,/ Erlosch dein Licht, Nacht hat dein Aug umdunkelt.« Gegen das radikale Ausschließlichkeitsdenken des Königs und der anderen Kavaliere setzt er den Gedanken eines maßvollen Umgangs mit dem anderen Geschlecht. Das blendende Frauenauge, das den Mann entzückt, aber auch betört, kann durchaus dem ernsten Studium dienlich gemacht werden. Es kann den Suchenden auf seinem schweren Weg trösten, und obgleich es Licht raubt, spendet es auch neue Sehkraft. Zwar bedient auch Biron sich mit diesem Plädoyer einer Konstruktion von Weiblichkeit, die die eigenständige Autorität einer konkreten Frau ausblendet. Dennoch schließt er die von ihm im Sinne der petrarkistischen Liebeslyrik idealisierte Frau in sein epistemologisches Projekt ein, anstatt deren leibliche Verkörperung jenseits der Grenze der Akademie zu verbannen.

Nachdem er erkennt, wie hoffnungslos seine Argumente gegen die Enthaltsamkeit sind, da die anderen Kavaliere sich bereits in ihrem Frauenhaß verbündet haben, bleibt ihm jedoch nichts anderes übrig, als wiederholt auf die brüchigen Stellen hinzuweisen, auf denen der von ihnen geleistete Schwur beruht. Den Frauen, die sich dem Hof des Königs nähern, mit dem Verlust ihrer Zunge zu drohen, stellt nicht nur einen groben Verstoß gegen das Gesetz der Höflichkeit dar. Es ist zudem eine nicht durchzuführende Drohung, denn gerade das Patriarchat benötigt die Vermittlung von Frauen, um die Frage der Nachkommenschaft und der Vererbung von Besitztiteln zu regeln. Schreibt doch das Gesetz der Mitgift vor, daß der Tochter die Rolle des Tauschobjektes zwischen Vater und Sohn zukommt, so daß über deren Verheiratung die Erbabfolge gesichert werden kann. Demzufolge erhält sie als von der väterlichen Autorität bevollmächtigte Gesandte, zumindest innerhalb des Werbungsrituals, eine bedingt eigenständige Machtposition. Die patriarchalen Verhandlungen des politischen Erbes können nie gänzlich ohne den Einbezug der Töchter auskommen.

Wie sehr König Ferdinand sich einer politischen Ökonomie nicht entziehen kann, die auf weiblicher Vermittlung fußt, zeigt sich darin, daß in dem Augenblick, als er sein »arges Gesetz wider die Höflichkeit« ausgesprochen hat, Biron ihn daran erinnert, daß die Tochter des gelähmten und kränklichen Königs von Frankreich bereits im Anreisen begriffen ist, um an Stelle ihres Vaters die Räumung Aquitaniens zu erbitten. Konnte Biron sich für seinen Einspruch kein Gehör verschaffen, solange es um Fragen der Höflichkeit und des rein akademischen Studiums ging, so bewirkt diese Nachricht, da es um konkrete politische Machtansprüche sowie eine reale Todesdrohung geht, eine gewisse Einsicht beim König. Die von ihm in seiner Eingangsrede als Phantasiegebilde evozierte Vorstellung eines erzenen Grabes erhält in der Gestalt des alten Königs ein rhetorisches Gegengewicht, dem er nicht ausweichen kann. Die Notwendigkeit, die Frage nach dem Besitz Aquitaniens zu klären, die in Anbetracht des bevorstehenden Todes des alten Königs tatsächlich dringlich geworden ist, zwingt ihn »zur Änderung« des Schwurs. Zwar versteht er die Tatsache, daß er die Prinzessin empfangen und ihr erlauben muß, in seinem Park zu verweilen, nur als eine geringfügige Veränderung seines großen Plans. Biron hingegen deutet an, wie sehr diese erste Abänderung bereits das notwendige Scheitern des königlichen Vorhabens offenlegt: »Und all die Eide wird die Not zerbrechen/ Dreitausendmal, noch eh drei Jahre schwinden:/ Denn jeder Mensch hat angeborne Schwächen,/ Die Gnade nur, nicht Kraft kann überwinden.« Im Verlauf der Handlung wird sichtbar werden, daß es nicht nur darum geht, das Unausweichliche der irdischen Zeitlichkeit, der menschlichen Affekte sowie der politischen Realität anzuerkennen, sondern auch darum, die Gesetze der Höflichkeit, der Gastfreundschaft und des gegenseitigen Respektes zu pflegen, da man als Mitglied der herrschenden Schicht verpflichtet ist, die sozialen Konsequenzen der eigenen Rede immer mitzureflektieren.

Spricht Biron die Undurchführbarkeit eines Schwurs radikaler Enthaltsamkeit aus, wird die diesem Gelübde innewohnende Heuchelei bezeichnenderweise zuerst über die Nebenfiguren entlarvt. Der Spanier Don Adriano de Armado, der den närrischen Bauern Schädel dafür bestrafen soll, daß sich dieser gegen das Gebot des Königs mit der Milchmagd Jacquenetta sexuell eingelassen hat, ist selbst in diese Frau verliebt. Die Tatsache, daß er am Ende des 1. Aktes eine ganze Reihe von antiken Helden ins Feld führt – von Salomo über Simson zu Herkules –, um seine Liebeswut zu rechtfertigen, zeigt nur, wie recht Biron hat, wenn er zum Glauben des Königs an die Durchführbarkeit seines weltfremden Enthaltungsschwurs zynisch bemerkt: »In Spott und Schmach gehn Eid und Spruch verloren.« Er ist somit als einziger bereit anzuerkennen, daß die vom Tod und von den nicht kalkulierbaren Gesetzen des Zufalls gezeichnete Wirklichkeit in den Park des Königs nicht nur von außen einbricht, sondern von dieser Heterotopie *ex negativo* in Form blinder Aussparung aller sexueller Regungen, aller Versehrtheiten und Kontingenzen auch widergespiegelt wird. Doch auch Biron kann erst über den kämpferischen Angriff der Frauen erfahren, daß die das männliche Subjekt in seiner Selbstsicherheit störende Alterität – egal ob damit die Sexualität, das weibliche Geschlecht oder die Todesbedrohung gemeint ist – nicht nur rhetorisch begriffen, sondern als Realität anerkannt werden muß. Solange diese Differenz nicht konkret gedacht, sondern nur in zynische Wortbrillanz umgesetzt und somit wieder ihrer realen Wirksamkeit entledigt wird, bleiben sowohl jegliche Schwüre wie auch jede noch so präzise Kritik an diesen Gelübden ein verblendetes Wortspiel ohne Verankerung in der gelebten Wirklichkeit.

Tatsächlich wird in dem vom König eingeführten Kampf gegen die irdische Vergänglichkeit, in dem körperliche Neigungen allesamt durch intellektuelle Arbeit ausgetauscht werden sollen, der so gefürchtete betörende Blick der Frauen lediglich durch eine andere Verführung ausgetauscht: durch die ebenfalls blendende, einem den Verstand raubende Macht der poetischen Sprache. Man könnte sagen, in diesem Sinn bedient sich Armado am Ende des 1. Aktes durchaus des vom König Ferdinand eingeführten Denkbildes, das die Verführungskraft der Frau durch die des Wortes ersetzt. Er nennt sich einen »Soldaten«, der sein Schwert zu ziehen bereit ist »gegen den Kummer der Leidenschaft«. Gleichzeitig ist er bereit, sich einzugestehen, was die adeligen Herren erst erfahren können, nachdem sie ein sie entlarvendes und demütigendes Szenario der Liebesverwirrungen durchkreuzt haben werden: daß nämlich im Kampf gegen die Liebe der Krieger durchaus verlieren kann. Armado will zwar »das Verlangen gefangennehmen«, begreift aber, daß er bereits selbst zu dessen Geisel geworden ist. So spricht er stellvertretend für alle Männer, wenn er am Ende dieses 1. Aktes sich angesichts der verbotenen Liebesregungen nur dadurch zu helfen weiß, daß er den Gott des Reims anruft: »Erfinde, Witz; schreibe, Feder; denn ich bin gestimmt für ganze

Bände in Folio.« Daß sich von diesem Rückzug in den Bereich der Poesie keine gesellschaftlichen Kodes ableiten lassen, die ein respektvolles Zusammenleben regeln könnten, zeigt die nächste Etappe in der höfischen Schlacht.

3. Die Prinzessin schlägt zurück

In seinen Notizen zur Notwendigkeit des Krieges macht Hegel den Vorschlag, den Gestus eines nach außen getragenen Streites als Versuch des kampfwilligen Mannes zu begreifen, eine neue Ruhe im Innern einer bedrohten Gemeinschaft zu gewinnen bzw. dort innere Unruhen zu verhindern. Wie sehr sich ganz in diesem Sinne das von König Ferdinand verhängte Verbot gegen die Pflege eines im Inneren seines Hofes stattfindenden geselligen Verkehrs mit Frauen als Kampf der Geschlechter umformulieren läßt, wird in Hegels Behauptungen deutlich, die Weiblichkeit stehe für die Vereinzelung in Familien ein, die die Männlichkeit – als Vertreterin des menschlichen Gesetzes in seinem allgemeinen Dasein sowie als Vertreterin eines allgemeinen Wissens – in sich aufzehren und in der Kontinuität ihrer Flüssigkeit auflösen muß: »Indem das Gemeinwesen sich nur durch die Störung der Familienglückseligkeit und die Auflösung des Selbstbewußtseins in das Allgemeine sein Bestehen gibt, erzeugt es sich an dem, was es unterdrückt und was ihm zugleich wesentlich ist, an der Weiblichkeit überhaupt seinen inneren Feind.« Die von den Frauen vertretene Weltlichkeit, in der Allgemeines in differenzträchtige individuelle Einzelheiten zerfällt, verkörpert somit einen unlösbaren Antagonismus, ein laut Hegel »feindseliges Prinzip«, gegen das der nach Gemeinwesen drängende männliche Held sich auflehnen muß. Der von Hegel vertretene Gegensatz zwischen einer nach allgemeinem Wissen strebenden Männlichkeit und einem diesem feindselig gesinnten weiblichen Beharren auf sozialer Partikularität erlaubt die Spekulation, daß Männer in den Krieg ziehen, um vor dem unlösbaren Antagonismus, der ihre Lebenswelt in Form des *gender trouble* durchzieht, in eine einfache kriegerische Opposition zu flüchten. Die vom Alltag klar abgetrennte Front – in Shakespeares *Verlorene Liebesmüh* der heterotopische Park als Bühne für einen Kampf gegen die Kräfte der irdischen Zersetzung – bietet die Möglichkeit, einer weiblich kodierten inneren Unruhe zu entkommen, um somit eine sichere Distanz zu dieser antagonistischen Realität herzustellen, die nie in die Sicherheit des Allgemeinen überführt werden kann und deshalb immer die Spuren der weltlichen Versehrtheit tragen wird.[7]

Im 2. Akt seiner Liebessatire spielt Shakespeare nun eine Variation dieser Kriegslogik durch, die darin besteht, daß die Frauen, vor denen sich die Männer in ihren Kampf ge-

7 Georg Wilhelm Friedrich Hegel, *Phänomenologie des Geistes. Werkausgabe* (Frankfurt am Main: Suhrkamp 1970), S. 352. Siehe auch *Grundlinien der Philosophie des Rechts* (Frankfurt am Main: Suhrkamp 1970). Hegels Ausführungen zum Krieg können durchaus fruchtbar zusammen gelesen werden mit dem von Judith Butler in ihrer bahnbrechenden Studie *Gender Trouble. Feminism and the Subversion of Identity* (New York/London 1990) entfalteten Vorschlag, die Inszenierung der Geschlechterdifferenz als Ausdruck eines unlösbaren Antagonismus zu begreifen, der in keine einfache binäre Opposition der Geschlechter zurückzuführen ist.

gen den Kummer der Leidenschaften und die Tücken des Verlangens zurückgezogen haben, in die von ihnen errichtete Heterotopie eindringen, wodurch sich mitten im Park ein zweites Schlachtfeld auftut. Nicht zuletzt, um dem König und seinem Gefolge zu zeigen, daß sie mit ihrem Schwur der radikalen Entsagung eines jeden Verkehrs mit dem anderen Geschlecht zwar einem Drang nach allgemeinem Wissen folgen, dabei gleichzeitig aber gegen kulturell verbindliche Gesetze der Gastfreundschaft verstoßen, eignen sich die Frauen die männlich kodierten Strategien der höfischen Kriegführung an, jedoch vornehmlich, um diese Waffe gegen die Männer selbst zu wenden. Ganz im Gegensatz zur Überzeugung des König Ferdinands, er könne allen Frauen, die zu nah an sein Machtgebiet treten, die Zungen ausreißen, zeigt die Prinzessin von Frankreich, wie sehr gerade die Rede ihre beste Waffe ist. In der 1. Szene des 2. Akts tadelt sie ihren Diener Boyet dafür, daß dieser ihre Schönheit über alles lobt, und führt ihm mit ihrem wortgewandten Witz vor, welche Tugend sie statt dessen gepriesen haben möchte. Auch im Gespräch mit ihren Hofdamen wird deutlich, welche Kampfstrategie sie sich ausgedacht hat, um den Schwur des Königs als eine untragbare Kränkung, die zudem eine hohle Geste darstellt, zu entlarven. Weil sie gehört hat, daß keine Frau »dem stillen Hofe nahn« darf, hat sie sich entschlossen, in diesen Ort vollkommener Ruhe ein solches Übermaß an weiblicher Redewucht einzuführen, daß es den Männern tatsächlich die Stimme verschlagen wird.

Nachdem sie von ihrem Vertrauten Boyet bestätigt bekommen hat, daß der König sie tatsächlich nicht in sein Schloß einladen wird, sondern ihr nur einen Platz in seinem Park zum Wohnen anbietet, »als kämt Ihr zu belagern seinen Hof«, fordert sie ihre Damen auf, einen »Bürgerkrieg des Witzes« gegen »Navarras Bücherhelden« zu führen. Mit diesem Befehl greift sie die den Männern so liebe Waffe des Wortwitzes auf, um ihren Gegner gerade dort, wo er meint, unübertrefflich zu sein, zu schlagen. Auf ihre Frage, wer das Gefolge des Königs bildet, hatten ihre Hofdamen drei Ausprägungen von geistreichem Witz beschrieben. Maria konstatiert bei Lord Longaville einen »kecke[n] Witz mit allzu dreistem Willen«, Katharine erklärte von Dumain, er habe Witz, »selbst Unform zu verschönen«, während Rosaline von Biron meinte: »Sein Aug erzeugt Gelegenheit für Witz;/ Denn jeglich Ding, das jenes nur erfaßt,/ Verwandelt dieser gleich in heitern Scherz.« Die Kriegslist der Prinzessin besteht nun aber darin, diesen auf ihre geistreiche Wortgewandtheit so stolzen Männern vorzuführen, wie sehr sie nicht nur unfähig sind, den in ihren Bereich eindringenden Frauen ihre Zungen zu nehmen, sondern zudem der Macht der weiblichen Rede gänzlich unterlegen sind. Zu Recht betont Louis Montrose, daß die Frauen einerseits die verbannte Sterblichkeit in den Park von Navarra wieder einführen, um das dort durchgespielte Wortgefecht mit dem natürlichen Zeitzyklus von Geburt, Fortpflanzung und Tod zu verschränken. Gleichzeitig kränkt die Prinzessin andererseits aber auch in dem Sinne die Selbsterhöhungsphantasien des Königs, daß sie ihm gar keinen fairen Kampf anbietet. Scharfsinnig vergleicht Montrose die Tochter des sterbenden Königs mit einer Jägerin, die ihrer Beute gar nicht nachlaufen muß, weil ihr Opfer ihr nur zu willentlich selbst entgegenkommt, um erschossen zu werden.[8]

Die Prinzessin, die – wie das Wortgefecht mit Boyet in der einleitenden Szene des 2. Akts deutlich macht – weiß, daß man sie vornehmlich als schönen Anblick und nicht als scharfzüngigen Geist wahrnehmen wird, hat von Anfang an die Oberhand. Denn gerade aus dem Wissen, daß die ihr zugesprochene Position der Schwäche eine Täuschung ist, bezieht sie die Macht zum Gegenschlag. Sie beläßt König Ferdinand im Glauben, es bleibe ihr nichts anderes übrig, als sich den Gesetzen seiner so kränkenden Höflichkeit zu fügen und im Park vor seinem Schloß ihre Zelte aufzuschlagen. Doch indem er unfähig oder unwillig ist, auf die weibliche Stimme zu hören, geschweige denn, diese ernst zu nehmen, glaubt er hochmütig, dank seiner Willenskraft vor der vom weiblichen Geschlecht ausgehenden Bedrohung gefeit zu sein. Weil er die Frauen zwar zum feindlichen Prinzip erhebt, gleichzeitig aber die von ihnen ausgehende Gefahr gänzlich unterschätzt, ist er in dem Augenblick, da er sich ungeschützt der angereisten Gesandten nähert, schonungslos deren Reizen erlegen: Schlagartig fällt er der Sinneswahrnehmung zum Opfer, die wie keine andere für die weibliche Verführungskraft anfällig ist: dem Blick.

Die Heftigkeit, mit der im 1. Akt König Ferdinand und die anderen Kavaliere gegen Birons Vorschlag, man solle sich am Anblick schöner Frauen ergötzen, um über diesen fremden

8 Louis Adrian Montrose, *»Curious-Knotted Garden«: The Form, Themes and Contexts of Shakespeare's Love's Labour's Lost* (Salzburg 1977), S. 111.

Blick zur Wahrheit zu gelangen, zu argumentieren wußten, schlägt in dem Augenblick, in dem ihnen vier reale Frauen gegenübertreten, auf magische Weise sofort in eine ebenso heftige Betörung durch den verpönten weiblichen Blick um. Obgleich während dieses ersten Treffens die jungen Leute kaum Worte miteinander wechseln und selbst der König und die Prinzessin nur einen sehr förmlichen verbalen Schlagabtausch durchführen, ist, wie Boyet bemerkt, der König von Liebesglut infiziert an seinen Hof zurückgekehrt. Er, der seine Aufmerksamkeit eher der Erscheinung als der Rede der Prinzessin schenkt, hat sofort scharfsinning erkannt, daß das Gesicht des Königs eine andere Botschaft vermittelte als dessen Zunge. Am Blick der königlichen Augen erkennt Boyet, wie sehr das Bild der Prinzessin sich auf dessen Herz, ihr Siegel sich auf dessen Auge gedrückt hat: »Die Zunge ganz erzürnt zu reden, statt zu sehn,/ Sie stolpert' übereilt und möcht im Auge stehn.« Der Liebesverblendung verfallen wird der »Sinn des Auges« nicht nur zur höchsten, sondern zur einzigen Wahrnehmungsform, zu der sich »der andern Sinne Gewühl« hindrängt. In dem Augenblick, in dem das Auge alle anderen Gefühle umschließt, schlägt auch die Verpönung des anderen Geschlechts wie magisch in eine ebenso maßlose Vergötterung um.

Während Shakespeare in *Romeo und Julia* ein Szenario der gegenseitigen Liebesverblendung zeichnet, das nicht an fehlendem Vertrauen, sondern am Hang der jungen Liebenden zur bedingungslosen Selbstverausgabung scheitert, lebt die Liebessatire in *Verlorene Liebesmüh* davon, daß die vom Blick ausgehende Berauschung einseitig bleibt. Die Tatsache, daß nur der König und sein Gefolge vom Anblick der Frauen unausweichlich getroffen sind, bietet nämlich den nüchtern gebliebenen Frauen zwei Angriffsflächen. Da der Umschwung von der Verleumdung zur Idealisierung des weiblichen Geschlechts nur dadurch möglich wird, daß das Sehen zur bevorzugten Wahrnehmungsart erhoben wurde, können die Frauen sich darauf verlassen, daß diese Überstrapazierung des visuellen Organs sowohl den Geist wie auch dessen Vehikel, die wortgewandte Zunge, angreifen und somit die mächtigste Waffe ihrer Gegner schwächen wird. Da zudem weder die Geste der Verleumdung noch die der Vergötterung auf die konkreten Frauen bezogen ist, sondern das Objekt dieser gegensätzlichen Neigungen jeweils nur eine die Ängste und Wünsche des Mannes spiegelnde Chiffre darstellt, der eine leibliche Realität fehlt, können sie ebenfalls damit rechnen, daß sie in dem sich anbahnenden Werbungsspiel gar nicht direkt gemeint sind. So fällt es ihnen leichter, nie den Umstand aus den Augen zu verlieren, daß es sich bei allem Einsatz im Wortgefecht der Geschlechter nur um ein Spiel handelt, um eine Verschiebung von Positionen, nicht um wahre Gefühle. Demzufolge können die Liebesgeständnisse der Männer sie gar nicht ernsthaft treffen. Während die Männer von einer weltfremden Entsagung gegenüber ihren sexuellen Neigungen in eine ebenso weltfremde Idealisierung des anderen Geschlechts umkippen, um daraufhin eine Niederlage nach der anderen über sich ergehen lassen zu müssen, hegen die Frauen einen schielenden Blick, der sie unverwundbar macht.[9] Sie sehen die heterotope Welt des Liebeskampfes, und sie sehen gleichzeitig die Welt konkreter politischer Kämpfe, die von diesem Schauspiel zwar künstlich ausgegrenzt ist, gleichwohl aber die eigentliche Bühne darstellt, auf der sie die Konsequenzen des Werbungsrituals austragen müssen. Mit anderen Worten, gerade weil sie es sich nicht erlauben können, von der Ernsthaftigkeit des Werbungsrituals als einer besonders für die Ehegattinnen folgenschweren politischen Institution abzusehen, können sie das von den Männern dargebotene Schauspiel so leicht nehmen.

An der Art, wie in *Verlorene Liebesmüh* über eine Verschränkung von brillanter Wortschöpfung mit erotischer Energie eine Geschichte dargeboten wird, in der Männer und Frauen sich als unfähig erweisen, ihre Differenzen zu schlichten, macht Katharine Eisaman Maus eine Lektüre des Stückes fest, die vor allem die Konstruktion von geschlechtsspezifischer Identität in bezug auf den sozialen Kontext der Eheschließung hervorhebt. Der König und sein Gefolge machen ihr männliches Privileg an einer Phantasie der schweigenden Frau fest, egal, ob damit die ihrer Zunge beraubte Frau des 1. Akts oder die mit ihrem Anblick fesselnde des 2. gemeint ist. Innerhalb dieses Szenarios sind Männer die alleinigen Besitzer der Sprache, weil die von ihnen kämpferisch umworbenen Frauen als sprachlos und passiv imaginiert werden. In Anbetracht der Tatsache, daß die Prinzessin vor-

9 Siehe Sigrid Weigel, »Der schielende Blick. Thesen zur Geschichte weiblicher Schreibpraxis«. In: Inge Stephan und Sigrid Weigel, *Die verborgene Frau. Sechs Beiträge zu einer feministischen Literaturwissenschaft* (Hamburg/Berlin 1988), S. 83-137.

nehmlich als Gesandte des Königs von Frankreich auftritt, um den Anspruch auf Aquitanien auszuhandeln, der wegen eines Vertrages zwischen ihrem Vater und dem Vater Navarras angefochten werden kann, verkörpert sie, laut Maus, die klassische Position, die der Frau innerhalb eines strengen patriarchalen Systems zugesprochen wird. Denn während der König von Navarra sich mit seinem Monolog am Anfang des Stückes deutlich als Erben einer ruhmreichen Abfolge von Herrschern darstellt, wird die Prinzessin nicht nur von ihm, sondern auch von dem sie begleitenden Boyet lediglich als wertvolles Tauschobjekt begriffen: eine Vermittlerin zwischen ihrem Vater und ihrem potentiellen Ehegatten in der Frage, wessen Namen das Stück Land Aquitanien zugesprochen werden soll. Tatsächlich führt sie sich selber auch als Trägerin eines Briefes von ihrem Vater ein und ist zumindest vordergründig nur deshalb bereit, im Park vor dem Schloß Navarras ihre Zelte aufzuschlagen, weil sie auf die Ankunft weiterer Briefe, die ihren Anspruch auf Aquitanien dokumentieren werden, wartet.

Doch der erduldete Einsatz der Tochter erweist sich als im höchsten Grade destabilisierend. Nicht nur zwingt er den König, sich mit genau jener Differenz auseinanderzusetzen, die er zu verdrängen sucht: der Tatsache nämlich, daß die Frauen aus der transgenerativen Übertragung von Besitz nicht ausgeschlossen werden können und somit die Unsterblichkeit des männlichen Namens, zu dessen Zweck der König überhaupt seine Akademie gründen wollte, in dem Sinne gefährden, daß sie ihre eigenen Ansprüche auf umstrittene Besitztümer geltend machen können. Zudem erscheint die

Prinzessin in dem Augenblick, als sie die Grenze zum heterotopischen Park überschreitet und mit ihrer Präsenz Streit und Kampf entfacht, sowohl als Objekt wie auch als Subjekt des Tauschverfahrens zwischen Vater und Sohn. Denn obgleich sie den König Frankreichs vertritt, entwickelt sie, da die väterliche Quelle ihrer Autorität jenseits des Bühnenraumes bleibt, zumindest in der Welt des Stückes eine eigene Machtposition. Unter ihrer Schirmherrschaft erweisen sich die Frauen als radikales Gegenteil des von den Männern imaginierten schweigenden, passiven Geschöpfs. Statt dessen haben sie sich Verhaltensformen angeeignet, die normalerweise mit dem aggressiven männlichen Liebhaber verknüpft sind. Im Verlauf der Handlung schießen sie sowohl mit Pfeilen wie mit Worten so gekonnt um sich, daß die im 1. Akt zitierte, von Tereus verstümmelte Philomela nahtlos »ersetzt wird durch das männliche Opfer Orpheus, das von ungestümen Bakchantinnen zergliedert wird«[10].

An der Leichtigkeit, mit der die Frauen in die Rolle des Sprachkriegers schlüpfen, macht Maus nun aber gerade den gravierenden Unterschied fest zwischen der Art, wie Männer und Frauen sich innerhalb der symbolischen Ordnung der Gesetze positionieren können: »Eben weil sie für die Dauer des Stückes in einem Feld gerade außerhalb der Grenze des männlichen Bereiches ihre Zelte aufgeschlagen haben, fällt es ihnen so leicht, sich in eine herkömmlicherweise männlich kodierte Subjektposition einzuschmuggeln und sich die naive

10 Katharine Eisaman Maus, »Transfer of Title in Love's Labour's Lost: Language, Individualism, Gender«. In: *Shakespeare Left and Right*, herausgegeben von Ivo Kamps (New York/London 1991), S. 216.

Unaufmerksamkeit derer zunutze zu machen, die normalerweise diese Machtposition einnehmen.« Ihre Macht beziehen die angreifenden Frauen daraus, daß sie, von einem sterbenden König autorisiert, in den männlichen Bereich eintreten können, dort aber nur als geduldete Gäste, nicht als Einheimische operieren. Diese Doppelposition, sowohl innen wie außen, Tauschobjekt wie auch Subjekt des Tausches zu sein, führt nicht nur dazu, daß sie eine Störung in die Übertragung des Namens von Vater auf Sohn einführen und somit die patriarchale Hegemonie sowie das Privileg und die Autorität der herrschenden Männer, wenn auch nur vorübergehend, untergraben können. Diese ambivalente Stellung führt auch zu einem weiteren Paradox. Sind die Prinzessin und ihre Hofdamen deshalb zum Sieg in dem im Park durchgespielten Kampf der Geschlechter prädestiniert, weil sie diesen Streit ausschließlich als Spiel begreifen, so zehrt die Hartnäckigkeit, mit der sie sich gegen den Liebeswahn der Männer auflehnen und sich über die männliche Selbstgenügsamkeit zu mokieren suchen, von dem Wissen, daß das Eingehen auf Liebesschwüre für sie reale Konsequenzen mit sich bringen wird. Während der König davon träumen kann, daß sein Kampf gegen die Zeitlichkeit ihm zu unsterblichem Ruhm verhelfen wird, wissen die Frauen, daß sie mit dem Vollzug einer Ehe sowohl den eigenen Namen verlieren wie auch alle ihre Ansprüche auf Besitztümer dem Ehegatten werden überlassen müssen. Für sie kann die Liebeswerbung kein reines Sprachspiel sein, weil ihr Glück, wie Maus feststellt, davon abhängig ist, daß ihre Ehemänner sich skrupelhaft an die vertraglichen Verpflichtungen der Ehe halten werden: »Die Prinzessin und ihre Hofdamen sind keine Revolutionärinnen. Sie wollen das Patriarchat weder stürzen noch aus ihm fliehen. Sie wollen statt dessen für sich eine sichere und verhältnismäßig vorteilhafte Position innerhalb dieser symbolischen Gesetze herstellen.«[11] In diesem Sinne ist der Wortwechsel zwischen der Prinzessin und ihrer geistreichsten Hofdame im 5. Akt zu verstehen. Während sie sich und ihre Frauen dafür lobt, daß sie in der Hitze des Wortgefechts überlegen geblieben sind – »Wie klug, die Liebenden so zu verlachen!« (*»We are wise girls to mock our lovers so«*) –, antwortet Rosaline auf eine Art, die den Ernst des Bürgerkriegs des Witzes erkennen läßt. Sie stellt sich ihre Rache an dem für seine zynische Zunge bekannten Biron so vor: »Daß er als Narr mir folgte, der Despotin.« Das englische Original – *»that he should be my fool, and I his fate«* – läßt zudem erkennen, wie sehr Rosaline nicht nur ihre Rache als Birons gerechte Strafe, sondern die Eheschließung auch als ein für sie unabwendbares Schicksal anerkennt. Diese Demütigung kann nur durch eine dieses Eheschicksal mildernde Schutzdichtung im Sinne Freuds[12] ertragen werden, die Überzeugung nämlich, der Mann, dem sie nach der Eheschließung untergeordnet sein wird, sei selbst ein Narr. In gleicher Manier die eigene Schwäche in Stärke umwandelnd, erwidert die Prinzessin: »So fest sitzt keiner, ward er erst gefangen,/ Wie der aus Witz in Torheit eingegangen.« Festgefahren in die ihnen vorgeschriebenen Rollen sind alle Spieler dieses Werbungsrituals. Einige jedoch können aus dem Wis-

11 Maus, S. 218.

12 Eine sowohl den Phantasierenden schützende wie auch das zu verdrängende Wissen abdichtende Geschichte.

sen ihrer Ohnmacht eine eigene ermächtigende Genugtuung gewinnen.

So könnte man die Unausgewogenheit zwischen der männlichen und der weiblichen Front folgendermaßen ausdrücken: Während der König die eigene Machtlosigkeit gegenüber der Zeitlichkeit verneinen will und in einer weltfremden Sprache Zuflucht sucht – sei es die Sprache der Akademie oder die der petrarkistischen Liebe –, bleibt der Prinzessin nichts anderes übrig, als ihre gesellschaftliche Machtlosigkeit anzuerkennen. Mit anderen Worten, gerade weil sie weiß, daß man weder der Kränkung, die der Tod für den Menschen bedeutet, noch der Beschränkung, die die Annahme eines symbolischen Mandats ausmacht, entfliehen kann, ist sie gegen die Verführungskraft sowohl der Liebesverblendung wie auch der überschwenglichen Rhetorik gefeit. Sie und ihre Hofdamen können ihre Machtansprüche zwar nur innerhalb der Parameter eines vorgegebenen Spiels des männlichen Begehrens stellen, aber sie sind unmerklich zu den fädenspinnenden Spielleiterinnen geworden. Sie können zwar den Ausgang des vorgegebenen Skripts – das unweigerlich auf eine Hochzeit hinsteuert – nicht umschreiben, dafür aber die Bedingungen der Übergabe ihrer Macht an den Ehegatten aushandeln.

4. Liebhaber sind wahnsinnige Poeten

Shakespeare läßt seinen allzu nüchternen Herzog von Athen im *Sommernachtstraum* verkünden: »Verliebte und Verrückte/ Sind beide von so brausendem Gehirn,/ So bildungsreicher Phantasie, die wahrnimmt,/ Was nie die kühlere Vernunft begreift./ Wahnwitzige Poeten und Verliebte/ Bestehn aus Einbildung« (5.1). Als wären sie die klugen Töchter Theseus', greifen die Prinzessin und ihre Hofdamen diese Kritik an einer überschwenglichen Phantasiearbeit auf, um zu zeigen, daß Liebende nicht nur verblendete Wahnsinnige, sondern zudem schlechte Dichter sind. Sie unterlaufen in den von ihnen durchgespielten Wortgefechten die von der petrarkistischen Liebeskonzeption gestützte Vorstellung der vergötterten, schweigenden, angebeteten Geliebten, indem sie die Männer wiederholt mit ihrem geistreichen Witz überbieten und ihnen zudem zeigen, wie sehr die von ihnen vorgetragenen Liebesschwüre einer Verkennung erliegen. Indem sie die Rolle der idealisierten Geliebten hartnäckig verweigern, zeigen sie zudem auf, wie sehr diese Erhöhung eine entstellende, entmenschlichende Geste darstellt, da ihr der Wunsch zugrunde liegt, die konkrete Frau in einen das Begehren des Liebenden spiegelnden Fetisch zu verwandeln. Analog zu der Art, wie die Prinzessin als Gesandte ihres Vaters sowohl Objekt als auch Subjekt innerhalb des von ihr vertretenen Tauschgeschäftes ist, besteht sie zusammen mit ihren Hofdamen darauf, diese Doppelposition auch in der von den Männern in Gang gesetzten Liebesökonomie einzunehmen. Auch auf dieser Ebene führt sie genau jene Differenz ein, die die Männer mit ihrem Umschwung von einer unangemessenen Verwerfung der Weiblichkeit zu einer ebenso unmäßigen Verherrlichung der Geliebten weiterhin zu umgehen suchen.

Barbara Freedman hat überzeugend ausgeführt, wie die Verwechslungshandlung, auf der das Komödiengenre im allgemeinen basiert, von Shakespeare oft eingesetzt wird, um darzulegen, wie in Anbetracht der Tatsache, daß Erscheinungen immer zu trügen vermögen, eine vom Anblick des anderen abgeleitete Selbstidentifikation oft einer Verkennung gleichkommt. Denn obgleich der Betrachter unter dem Einfluß einer im Zeitalter der Renaissance entdeckten Zentralperspektive gerne davon ausgeht, er könnte mit seinem Blick die Welt in den Griff bekommen, zeigt die von der Verwechslungskomödie eingesetzte entstellte Perspektive, wie unzuverlässig diese Ermächtigungsstrategie notwendigerweise sein muß. Im gleichen Zuge nämlich, in dem das Spiel mit verwechselten Identitäten den blinden Fleck einer visuellen Aneignung der Welt darlegt, wird auch ersichtlich, wie begrenzt das über den Blick erstellte Wissen sein muß. Die Darstellung der Illusion läßt unweigerlich auch die Illusion der Darstellung erkennen, nicht aber um, wie in der Tragödie, in die Katastrophe zu führen, sondern um auf das Changieren von Wissen und Unwissenheit hinzuweisen.[13] In diesem Sinne dient der kämpferische Wortwitz der Frauen in *Verlorene Liebesmüh* dazu, die Herrschaft der männlichen Rede zu entorten und eine gelernte Unwissenheit an dessen Stelle in Umlauf zu bringen. Obgleich jede theatralische Darbietung laut Freedman eine Entstellung bedeutet, da das Dargebotene nie mit dem, was es darzustellen sucht, identisch ist und somit die auf der Bühne durchgeführte Inszenierung auf die jeglicher theatralischer Repräsentation innewohnenden Ver-

13 Barbara Freedman, *Staging the Gaze. Postmodernism, Psychoanalysis and Shakespearean Comedy* (Ithaca 1991), S. 4-5.

zerrung verweist, nutzt die Verwechslungskomödie diese Verschiebungen bezeichnenderweise zugunsten einer Schulung des Blickes. Die direkt inszenierte Verkennung entlarvt das Schauspiel als theatralische Illusion, zeigt auf, daß die von Shakespeare in seine Stücke eingefügten Spielleiter der Verwechslungen wissen, daß ihre Darbietungen ein verzerrendes Spiel darstellen. Indem in *Verlorene Liebesmüh* beispielsweise die Prinzessin und ihre Hofdamen die Bühne bewußt zum Schlachtfeld der verstellenden und entstellenden Blicke werden lassen, entlarven sie genau jene Faszination des Blicks, von der sie im Kampf der Geschlechter auch profitieren: Sie zeigen auf, daß man in dem Augenblick, in dem man sich auf die Faszination des Blicks eingelassen hat, auch immer schon von dessen Macht eingenommen worden ist. Doch indem die Verwechslungskomödie privilegierte Figuren wie die Prinzessin enthält, die die Blindheit und Unwissenheit der anderen erkennen und zur Schau stellen, um somit die Suche nach allgemeiner Wahrheit und authentischer Liebe als verkennende Pose zu entlarven, öffnet gerade diese Gattung auch den Raum für eine andere Art des Wissens.[14]

Zwei Szenen in *Verlorene Liebesmüh* heben die pädagogische Theatralik der Verkennung besonders anschaulich hervor. Setzt der 4. Akt damit ein, daß die Prinzessin und ihre Hofdamen während der Jagd vor allem ihre verbale Treffsicherheit zur Schau stellen, so dient diese 1. Szene auch dazu aufzuzeigen, wie sehr die in ihrer Liebe verblendeten Männer in vielfacher Hinsicht ihr Ziel verfehlen. Die von Biron und

14 Freedman (1991), S. 75.

Armado geschriebenen Briefe werden von dem närrischen Schädel vertauscht und der falschen Angebeteten ausgehändigt. Die Ankunft dieser Zeilen wird zudem auf doppelte Weise verzerrt. Sie werden nicht von der Angebeteten im Privaten gelesen, sondern von einer dritten Figur – und zwar in der Öffentlichkeit. Das ködernde und lockende Wortgefecht zwischen den Frauen und Boyet während der Jagdszene kulminiert nämlich darin, daß die Prinzessin, im Glauben, sie hätte den von Biron an Rosaline adressierten Liebesbrief in der Hand, statt dessen den Brief von Armado an Jacquenetta zur Belustigung ihres Gefolges vorliest und sie den Schreiber zur wahren Beute der Jagd werden läßt: »Wer ist der Wetterhahn, der Federbusch, der Quast?« fragt sie Boyet erstaunt, der an dem phantastisch überladenen Stil sofort den Spanier erkennt. In strenger Analogie zu dieser Szene, welche die dem geistreichen Wortwitz innewohnende Gewalt und Jagdlust besonders deutlich macht, wird dann in der darauf folgenden Szene der fehlgeleitete Brief Birons ebenfalls öffentlich vorgelesen, diesmal von dem Dorfpfarrer Nathanael zur Belustigung seiner Freunde. Auch dieser Brief wird Objekt des Spotts, denn der pedantische Schulmeister Holofernes behauptet, er sei »sehr ohngelart« und hätte keine »Würze von Poesei, Witz noch Erfindung«.

Als sei sie die Synthese der beiden vorhergehenden parallel gesetzten Szenen – der verbalen Jagdkunst der Prinzessin und Rosalines einerseits, der verbalen Unbeholfenheit des Dorfpfarrers und des Schullehrers andererseits –, wird in der abschließenden Szene des 4. Akts die Verschränkung der Verkennung der Geliebten und der Verzerrung der poetischen

Sprache auf die Spitze getrieben. Biron, der von Anfang an im Auge der Geliebten sowohl die Quelle eines epistemologischen wie auch eines poetischen Unterfangens festgemacht hat, bekennt sich zum eigenen Liebeswahn. Ihrer Augen wegen, deklariert er in seinem Monolog, ist er Rosaline verfallen, was ihn zu einem schwermütigen, aber auch närrischen Reimer hat werden lassen. Beim Anblick des herantretenden liebestrunkenen Königs tritt er listig zur Seite. Sich der eigenen Tölpelhaftigkeit durchaus bewußt, kann er aus seinem sicheren Versteck heraus die Liebesqualen der anderen Kavaliere genießen, die daraufhin einer nach dem anderen auf die Bühne treten und ihre Liebesreime vorlesen, ohne zu ahnen, daß sie belauscht werden. Wie in dem vorhergehenden öffentlichen Vorlesen der falsch zugestellten Liebesbriefe, wo es um die Entlarvung der Heuchelei gegenüber Dritten ging, dient auch diese Szene dazu, daß die sich ihrer Mithörer nicht bewußten Männer auf indirektem Wege einander zu erkennen geben, wie sehr sie allesamt vertragsbrüchig geworden sind. Nimmt man hingegen Freedmans These ernst, daß nämlich jede Verkennung ein verdrängtes Wissen in sich birgt, welches artikuliert werden möchte, so könnte man auch folgende Spekulation wagen: Diese öffentliche Inszenierung der intimen Liebeswünsche des Königs und seiner Kavaliere dient auch dazu, das ihr Bündnis stützende homoerotische Begehren offenzulegen. Die Männer richten zwar ihre Liebesphantasien auf eine ihnen jeweils kaum bekannte, weil nur kurz erblickte Frau, doch die eigentlichen Adressaten dieser Liebesschwüre sind sie auf mehrfache Weise selber. Die verstohlen vorgetragenen Gedichte lassen zum einen deutlich erkennen, daß sie die in ihren Reimen idealisierte Frau als Spiegel ihres eigenen Selbst begehren. Jeder Mann liest sich das eigene Liebesbegehren zur Selbstbefriedigung vor. In Anbetracht der Tatsache, daß jeder dieser Vorträge zudem auch Zuhörende hat, wenn auch nicht die direkt angeredete Geliebte, läßt sich zum anderen auch sagen, daß sich die Männer auf entstellte Weise ihre Liebe eingestehen. Nur vordergründig scheint es so, als wüßten sie nicht, daß sie in ihrem intimen Selbstgespräch belauscht werden. Die Theatralik dieser Szene erlaubt einem nämlich auch die Spekulation, daß der latente Genuß der Verliebten gerade darin besteht, von den anderen Männern belauscht zu werden. Dank der gespielten Verheimlichung entpuppt sich inmitten dieses kollektiven Vortragens von Liebesgedichten als Gegenstück zur petrarkistischen Vergötterung der Frau die verklärte Liebe des Mannes zum gleichgeschlechtlichen Liebesobjekt. Das Liebesbegehren – so die theatralische Logik dieser Szene – ist auf doppelte Weise eine Verkennung des anderen. Die Liebesgedichte betreffen nicht nur nicht die angebeteten Frauen, sondern sie spiegeln die narzißtischen Wünsche der Liebenden, wobei sie zudem den eigentlichen Adressaten (das gleichgeschlechtliche Liebesobjekt) verkennen.

Das auf entstellte Weise zum Ausdruck gebrachte homoerotische Begehren wird durch die Wiederherstellung eines gesellschaftlich sanktionierten Männerbündnisses jedoch sofort wieder zurückgenommen. Auf die Enthüllung des Verkennungsspiels folgt zunächst ein Wortgefecht, im Verlauf dessen – analog zur Sprachgewalt der Jagdszene am Anfang des 4. Akts – die Männer sich gegenseitig verbal angreifen und jeder den anderen heuchlerisch des Meineids beschuldigt, bis schließlich selbst Biron, der sich als letzter zu erkennen gibt, durch den unerwarteten Auftritt Schädels mit dem von ihm fehlgeleiteten Brief gezwungen ist einzugestehen, daß auch er seinen Schwur gebrochen und an Rosaline ein Liebessonett gesandt hat. Nahtlos schlägt jedoch die gegenseitige Zerfleischung der Männer in eine Jagd auf ein ihnen fremdes Wesen um, so daß sie sich wie im 1. Akt im Kampf vereint erneut gegen einen äußeren Feind verbünden können. Um von der eigenen schändlichen Schmähung abzulenken, stürzen die in ihrer öffentlichen Kränkung erneut zu einer Jägergemeinschaft verbündeten Kavaliere sich bezeichnenderweise jedoch nicht auf den Mann, der als heimlicher Beobachter die von ihnen dargebotene Narrenszene vorantrieb, sondern auf seine auserwählte Dame. Von allen Seiten fallen sie über Rosaline her und bemängeln die Dunkelheit ihrer Erscheinung, um Biron zu kränken. Wenn nämlich die vergötterte Geliebte laut des petrarkistischen Liebeskodes nur eine Erweiterung des männlichen Selbstbildes darstellt, können seine Gegner dieses stellvertretend für ihn verbal mißbrauchen, ohne ein eigenes Selbstbild zu treffen. Der König nennt sie »schwarz wie Ebenholz!« und erinnert Biron daran, daß die Farbe Schwarz »Livree der Hölle,/ Des Kerkers Farbe, Schule finstrer Nacht« sei. Als weitere Vergleiche bringt er sowohl den Schwarzen, der »mit seiner holden Farbe prangt«, ins Spiel, dann die Verschmutzte, »die sich nicht gewaschen«, und schließlich den Teufel selbst. Um dem petrarkistischen Schönheitskode seinerseits etwas entgegenzuhalten, vergleicht Dumain die von Biron Vergötterte mit einem Schornsteinfeger sowie mit »Dorn und Reisig«, während Longaville ihr Bild in seinem Schuh wiederzuerkennen meint. An der in den abschätzigen Bemerkungen der Kavaliere angesprochenen Assoziation zwischen der Farbe Schwarz und aggressiver weiblicher Sexualität – ist doch Rosaline die scharfzüngigste der Hofdamen – könnte man die Vielschichtigkeit der gewaltsamen Ausschließungsmechanismen festmachen, die in *Verlorene Liebesmüh* wiederholt der Stärkung des höfischen Männerbündnisses dienen. Birons Verteidigung von Rosalines schwarzer Schönheit – er hält ihre natürliche Schönheit der künstlichen Schminke und Frisur der anderen Hofdamen entgegen – dient laut Walter Cohen lediglich dazu, eine rassistische Beschreibung durch eine misogyne auszutauschen.[15] Denn die am weiblichen Körper festgemachte Andersartigkeit – ob sexueller oder ethnischer Natur – erlaubt den Männern wiederholt, die Geliebte nicht als menschliches Subjekt, sondern als ein zu bekämpfendes oder zu umkämpfendes Stereotyp darzustellen.

Noch einmal spielt der Shakespearesche Text eine Logik des Geschlechterkrieges durch, die die Männer aus dem unlösbaren Antagonismus des von den Frauen vertretenen *gender trouble* in die Form einer einfachen Kriegserklärung fliehen läßt. Der König beendet schlagartig den Streit der Kavaliere mit seiner Bitte an Biron, ihnen, da sie sich nun gegenseitig

15 Siehe Walter Cohen (1997), S. 737, der darauf hinweist, daß im Jahre 1984 in Stratford-upon-Avon eine Aufführung von *Verlorene Liebesmüh* zu sehen war, in der Rosaline von der schwarzen Schauspielerin Josett Simon gespielt wurde, um die rassistischen Untertöne der männlichen Sprachgewalt hervorzuheben.

ihre Liebe und somit auch ihren Meineid eingestanden haben, Beweise dafür zu liefern, »daß Lieb erlaubt und nicht ein Treubruch sei«. Kraft seiner rhetorischen Gewandtheit gelingt es Biron, zuerst den Schwur des Königs als einen »Verrat am Königtum der Jugend« zu deklarieren, so daß der von allen geleistete Meineid sich als gesunde Abwehr einer gesetzwidrigen Enthaltsamkeit entpuppt. Dann greift er nochmals auf die von ihm bereits im 1. Akt eingebrachte Denkfigur zurück, daß nämlich Frauenaugen »der Grund, das Buch, die hohe Schule« sind, die den Wissensdurst der Männer entfachen. Demzufolge müssen die Frauen nicht aus der Männerakademie ausgegrenzt werden, denn die Erhöhung ihrer Schönheit zur wahren Lehrmeisterin löscht sie erneut als konkrete, mit ihrem Partikularitätsanspruch die männlichen Ideale störende Subjekte aus. An der bestätigenden Macht der narzißtischen Widerspiegelung festhaltend, erklärt Biron: »Das Wissen ist ein Anhang nur zu uns,/ Und wo wir sind, ist unser Wissen auch./ Drum, wenn wir uns in Mädchenaugen sehn,/ Sehn wir nicht gleichfalls unser Wissen dort?« Die Liebe zum Wissen kann, wie Mark Breitenberg bemerkt, nahtlos in ein Wissen über die Liebe umschlagen. In beiden Fällen steht das Frauenantlitz als Zeichen für männliches Begehren – einerseits für den Wunsch, ein sexualisiertes Feindbild zu hegen, um über dessen Abwehr alle Körperlichkeit auszusparen, andererseits für den Wunsch, eine Quelle für die Liebe festzumachen, die die Sinne zu schärfen und die poetischen Kräfte zu erfrischen vermag. Mit seiner Rede reproduziert Biron »eine gängige Formel des westlichen Patriarchats: Das Begehren der idealisierten Frau ist entweder eingebettet in genau jene materielle Welt, die transzendiert werden soll, oder »die konstruierte ›Frau‹ ist das Wissen selbst, das idealisierte Objekt des Begehrens, das für den Mann als Vermittlerin fungiert zwischen Himmel und Erde«[16].

Am Frauenantlitz ergötzt, erhält der Liebende den schärfsten aller Blicke, das feinste aller Gehöre, eine Herkules überbietende Kühnheit, eine dem Bacchus überlegene Genußfähigkeit, eine der Sphinx vergleichbare Schläue und eine wie Phöbus' Leier tönende Musikalität. Die von Biron vorgetragenen überbordenden Vergleiche dienen zum einen dazu, die Frage des unsterblichen Ruhms, auf der die Akademie des Königs gegründet ist, erneut ins Spiel zu bringen, erlauben sie ihm doch, den Liebenden auf die Ebene mythischer Figuren zu heben. Indem er von Frauenaugen erklärt, sie würden alle Welt umfassen, erläutern und nähren, denn sie seien »das Buch, die Kunst, die hohe Schule«, bietet er zum anderen aber auch das Gegenstück zu der vom König entfalteten Weltfremdheit. Auch in Birons rhetorischer Idealisierung des Geschlechterverhältnisses fehlt die Realität – die Sterblichkeit, die Körperlichkeit, der nicht kontrollierbare Zufall. Er hat lediglich die Kartographie geändert. Als Quelle menschlicher Wissens- und Schöpfungsfähigkeit bewohnen die Frauen in seinem Gegenentwurf das Zentrum der von ihm vorgestellten Liebesakademie. Die Frauen müssen aus ihr nicht verbannt werden, weil Männer »die Schöpfer sind der Frauen« und diese von ihnen erschaffene Frau zudem die Garantie da-

16 Breitenberg (1992), S. 442 f.

für bietet, daß sie sich überhaupt Männer nennen dürfen. Das den unsterblichen Ruhm des Namens und seiner sicheren Überlieferung gefährdende feindliche Prinzip wird von Biron hingegen aus diesem neuen Entwurf des Männerbundes dadurch verbannt, daß es als gestaltlos deklariert wird. Von dem, was aus der vom Frauenblick ausgehenden Ökonomie des Begehrens ausgeschlossen ist, erklärt Biron: »Sonst überall ist nichts Vollkommenes da.« Die die männliche Allmacht spiegelnde und gleichzeitig auch bestätigende Totalität scheint in diesem veränderten Entwurf im Sinne des Sprechaktes performativ vollzogen zu sein: Die zu verneinende Versehrtheit wird regelrecht als Nichts deklariert und somit abgeschafft.

Man könnte die Mutmaßung wagen, der Erzzyniker Biron sei sich des tautologischen Zirkelschlusses seiner Rede durchaus bewußt und drehe sie aus Rache für die vorangegangenen Angriffe auf seine Geliebte absichtlich ins Unsinnige. Denn vom König aufgefordert, ihren Liebeskampf zu rechtfertigen, verkündet er den Kavalieren eigentlich nur, was sie hören wollen. Er beliefert sie mit der Schutzdichtung, daß sie über die auf einer Vergötterung der Frau basierenden Liebe jegliche ihr Selbstbild trübende Störfaktoren ausschalten können, seien es die eigenen homoerotischen Neigungen, sei es die auf Eigenständigkeit bestehenden unzähmbaren Zungen realer Frauen, sei es das Gesetz der irdischen Zeitlichkeit. Die im 1. Akt angekündigte Veränderung des königlichen Vorhabens hat nun tatsächlich stattgefunden. Bezeichnend an ihr ist jedoch vornehmlich, daß sie nur einen Austausch der Banner, nicht einen wirklichen Gesinnungswandel darstellt. Der

Kampf gegen »der ird'schen Lüste mächt'gen Herr« wird zu einem Kampf, der unter der Schirmherrschaft »Sankt Amors« geführt wird. In seinem Namen stürzen die Ritter erneut in den Park, um die Frauen, die mit ihren Zelten den Hof des Königs belagern, im Angriff zu nehmen. Als Moskauer Fürsten treten sie in der die Theatralik der Liebesverkennung auf die Spitze treibenden Szene auf und gestehen als Fremde maskiert ihren Angebeteten die Liebe. Auch damit folgen sie unbewußt der Logik ihres narzißtischen Begehrens. Mußten sie sich beim Vortragen ihrer Liebessonette deshalb nicht verkleiden, weil sie wußten, daß die Frauen sie nicht hören würden, benötigen sie jetzt die Maskierung, um indirekt zum Ausdruck zu bringen, daß sie mit den Sprechern der Liebesschwüre nicht identisch sind.

Doch einmal mehr sind ihnen die Frauen einen Schritt voraus, da sie wissen, daß es innerhalb des petrarkistischen Liebeskodes um rein rhetorische Treueschwüre geht. In ihrem Wunsch, den König und sein Gefolge einer Schulung des Blickes zu unterziehen, werden sie zudem von Boyet unterstützt. Wie Schädel, der offenkundig die ihm anvertrauten Briefe falsch zustellt, damit die Liebesverwirrungen offen dargelegt werden können, handelt auch der Diener der Prinzessin im Sinne einer pädagogisch eingesetzten Inszenierung der Verkennungen. Er warnt die Frauen vor dem Anmarsch der maskierten Kavaliere, so daß diese sich ihrerseits der List der Verkleidung bedienen können, um ihrem »Bürgerkrieg des Witzes« eine letzte Wendung zu verleihen. Dabei ist ihr Anliegen weiterhin dem der Männer diametral entgegengesetzt. Nicht eine idealisierende Liebe zu unterstützen oder gar voranzutreiben ist das Ziel ihres Täuschungsmanövers, sondern diesen Liebeskode als gefährliche und bedingt auch gewaltsame Verblendung zu entlarven. Gnadenlos führen sie den Männern vor Augen, daß unter dem Banner »Sankt Amors« ihre Sinne noch weniger scharf als vorher erscheinen und sie in ihrer Redekunst zudem weit hinter ihren Ruf zurückfallen. Boyet, der in dieser Szene anstelle Birons den amüsierten Beobachter spielen darf, stellt fest, daß die Zungen der schalkhaften Damen »Wie allerfeinst geschliffner Messer Klingen ... /Den tiefsten Sinn des Sinns geschickt durchdringen« und ihr Witz »durch alle Schranken,/ Schneller als Kugeln, Sturmwind, Blitz, Gedanken« stürmt. Nachdem die maskierten Männer, sich ihrer Niederlage gänzlich bewußt, sich geschlagen zurückziehen müssen, bemerkt die Prinzessin lakonisch: »Ist das der Witzbund, den die Welt so preist ... /O schwacher Witz«, während Rosaline über die vor ihnen geflohenen Männer hämisch urteilt: »Ins Auge fällt ihr Witz: grob, derb und feist!«

Wie im 2. Akt, als sie gegen ihren Willen dem schönen Anblick der fremden Frauen verfielen, haben sich die Männer vom Kleidertausch täuschen lassen. Und wie in der vorangegangenen Szene beruht auch hier die Verwirrung der Sinne darauf, daß die Männer nur dic Oberfläche der weiblichen Erscheinung lesen. Sie bemerken nur die Zeichen der Bekleidung, das jeweilige Kleinod, das für eine bestimmte Frau einsteht, nicht die Gestalt, die dahintersteckt, und beteuern demzufolge jeweils einer falschen Frau ihre Liebesglut. Dadurch, daß sie so leicht geblendet sind und jeder Kavalier einer von ihm gar nicht gemeinten Frau schmeichelt und ihr ewige

Treue schwört, wird jedoch nicht nur die Verblendung des verliebten Mannes deutlich. Die zur Schau gestellte Verkennung läßt auch die Austauschbarkeit der konkreten Frau innerhalb des petrarkistischen Werbungsrituals sichtbar werden. Es macht keinen Unterschied, wer die Rolle der Angebeteten übernimmt, dank derer der Kavalier zum vollkommenen Menschen werden kann, solange sie ihn in dem von ihm erwünschten Sinne widerspiegelt. Nicht nur um die Misogynie sichtbar werden zu lassen, die diesem Unterfangen ebenso unterliegt wie der im 1. Akt beschlossenen Enthaltsamkeit, lassen sich die Frauen von den Moskauer Fürsten erst jeweils ein Pfand der Treue schenken, bevor sie dann – nachdem die maskierten Kavaliere sich entfernt haben und in ihrer unkostümierten Gestalt wieder zurückgekehrt sind – ihre vermeintlichen Liebhaber öffentlich als Lügner enttarnen. Ebenfalls ihre frühere Taktik wiederholend, setzt die Prinzessin ihren Spott auch als Waffe gegen die entmenschlichende Geste ein, die die Frauen zu Chiffren eines fremdbestimmten Schönheitskataloges reduziert. Auch wenn die Männer, von Birons Rede angefeuert, daran glauben, ein authentisches Liebesbegehren treibe sie voran, begreift die kluge Prinzessin: »Sie spotten unser nur, die Freier keck/ Und Spott für Spott, das ist allein mein Zweck.« Das pädagogische Anliegen der Prinzessin stützt sich auf die Hoffnung, daß die Matrix der petrarkistischen Lieben eine klärende Störung erfahren wird, wenn die in ihre Macht so blind vertrauenden Männer in aller Öffentlichkeit erfahren müssen, daß sie jeweils der »falschen Göttin/ Recht insgeheim« ihr Herz enthüllt haben. Wieder ist Biron der scharfsinnigste unter den

Verblendeten: »Die Damen tauschten die Geschenk, und wir,/ Getäuscht vom Zeichen, huldigten der Zier.« Im englischen Original wird noch deutlicher, daß er tatsächlich begriffen hat, daß ihr verliebter Blick nicht der realen Frau, sondern dem Begriff von Weiblichkeit, für den sie zeichenhaft eintrat, galt (*»and then we/ Following the signs, woo'd but the sign of she«*).

Doch die Kriegslist der Prinzessin dient nicht nur dazu, die hohle Willkürlichkeit des patriarchalen Werbungsrituals sichtbar zu machen. Die Tochter des sterbenden Königs von Frankreich will gleichzeitig auch sicherstellen, daß sie in diesem Liebesszenario – das sich schließlich auf dem Hintergrund der Verhandlung darüber, wer der nächste Herrscher Aquitaniens sein wird, abspielt – auf ihrem eigenen Machtanspruch bestehen kann. Mit der Verkündung: »Das nenn ich Spaß, wenn Spaß den Spaß vertreibt./ Der ihre weicht, das Feld dem unsern bleibt« (*»To make theirs ours and ours none but our own«*) wird deutlich: Es geht den Frauen um einen doppelten Sieg. Einerseits verkünden sie den Triumph über die Männer und deren territorialen Anspruch, den diese nicht zuletzt dadurch geltend machten, daß sie die Frauen in den Park vor dem Schloß verbannten. Stolz bestätigt Rosaline die Niederlage des scheinbar starken Geschlechts: »Sie waren sämtlich nahe dran zu weinen./ Der König hätt in Ohnmacht bald gelegen.« Doch es geht der Prinzessin und ihren Hofdamen auch um den viel gefährdeteren Triumph, der von vornherein immer nur ein vorübergehender Sieg sein kann: daß nämlich zumindest am Ende dieses spaßigen Kampfes die Frauen ihre Eigenständigkeit nicht aufgeben müssen. Indem sie den Schauplatz der Männer für sich erobert haben, können sie auch bis zum Schluß den eigenen Handlungsraum bestimmen.

5. Der süße Rausch der Rhetorik

Das bestechendste Merkmal von *Verlorene Liebesmüh* bleibt natürlich auch vier Jahrhunderte nach der Entstehung der Komödie deren Beschäftigung mit der fast magischen Energie der Sprache, die in diesem Stück von einem skeptischen Positivismus über jegliche Formen des Mißbrauchs der rhetorischen Verzierungen bis hin zu einem primitiven Glauben an das Eigenleben von Worten reicht. Dabei geht es jedoch, wie William C. Carroll überzeugend argumentiert hat, weder nur um eine Faszination durch Namen noch ausschließlich um die Weisheit, die mit Sprache erworben, und der Ruhm, der über sie gewonnen werden kann. Auf dem Spiel steht bei den durchfochtenen Wortduellen in erster Linie die radikale Instabilität von Sprache. Denn der geistreiche Wortwitz lebt davon, daß Zeichen von ihrer herkömmlichen Bedeutung getrennt werden und die Beziehung zwischen Bezeichnung und bezeichnetem Gedanken regelrecht umgestaltet oder manchmal sogar gänzlich umgekehrt wird. So bewirkt der Witz zwei diametral entgegengesetzte Arten der verbalen Artikulation. Mal haben Worte die Funktion einer authentischen Währung, mal stellen sie nichts als Falschmünzen dar. Laut Carroll lassen sich vor allem die Nebenfiguren als Vertreter unterschiedlicher Arten eines von der Umgangssprache sich dezidiert absetzenden Festes der Rhetorik deuten.[17] Der Konstabel Dumm ist seinem Namen entsprechend meist stumm. Von ihm behauptet zwar der Dorfpfarrer, »er hat nicht gegessen des Papiers, sozusagen, noch getrunken der Tinte; seine Sinneskraft ist nicht herangenährt«. Doch gerade an der hartnäckigen Verweigerung verbaler Exzesse, die der Vertreter des Gesetzes an den Tag legt, wird auch ersichtlich, daß Schweigen auch eine Tugend sein kann. Manchmal spiegelt seine Wortkargheit beharrlich das eitle Vergreifen der anderen an der Sprache wider. Obgleich er die Wortwitze seiner Mitmenschen kaum verstehen kann, geschweige denn selber Wortspiele ersinnen könnte, hat Dumm den Sprachkünstlern eines voraus: Was die Fakten der verschiedenen Ereignisse anbelangt, irrt er sich nie. Der närrische Schädel stellt eine zweite, dem nüchternen Konstabel diametral entgegengesetzte Sprachfigur dar. Seine Weisheit liegt im Entstellen und Verstümmeln von Sprache. Hält Dumm vielleicht zu sehr an der referentiellen Bedeutung eines Wortes fest, um die geistreichen Drehungen der Rhetorik zu begreifen, geht es Schädel fast ausschließlich um den Wortklang. Er löst, wie das Spiel mit dem Wort »Remuneration« im 3. Akt zeigt, die Sprache gerne von jeglicher Referenzialität. Das Wort ist ihm fast kostbarer als die konkreten Heller, auf die es sich bezieht: »gelt, das klingt? Remuneration? Ei, das lautet viel hübscher als eine französische Krone! Ich will ohne dies Wort nichts wieder einkaufen noch verkaufen.« Es ist deshalb auch nur folgerichtig, daß diese Figur, die kein Gespür für den

17 Siehe Carroll (1976), S. 25-63.

Bezug zwischen Sprache und Welt hat, so treffsicher die ihm anvertrauten Briefe an die falschen Adressen abliefert. Doch wie der stumme Polizist hat auch Schädel für die dargebotenen Liebesverwirrungen eine klärende Funktion. Indem er nicht auf den intendierten Adressaten, sondern nur auf die Sprache selbst achtet, bewirkt er, daß sowohl seine den Sinn der anderen zersetzende Rede wie auch die ihm anvertrauten Briefe durchaus beim Richtigen ankommen. Durch die von ihm vollzogene Geste der Entstellung werden mehr als einmal die verblendeten Liebenden in ihrer Narrheit entlarvt. Carroll macht den Vorschlag, Motte, den Bediensteten von Armado, als Inbegriff des Witzes zu lesen, da vor allem diese Figur mit der Leichtigkeit ihrer Sprachspiele die Illusionen der anderen ins Wanken bringt und für das Publikum somit das Prätenziöse wie auch das Närrische ihrer ausgeklügelten Rhetorik sichtbar werden läßt.

Diesen entlarvenden Sprachkünstlern stehen neben den liebesblinden Kavalieren drei Figuren entgegen, von denen jede als Verkörperung einer Sprachsünde gelesen werden könnte: der Dorfpfarrer Nathanael erscheint wie ein sklavischer Nachahmer der biblischen Sprache, von einem wahnsinnigen Ehrgeiz getrieben, seine Mitmenschen mit seiner Gelehrsamkeit zu beeindrucken und einzuschüchtern. Armado wiederum wirkt wie ein anachronistischer Vertreter einer schwülstigen, pathosbeladenen Redekunst, von der schwerfälligen Weitschweifigkeit seiner Rede wie ein alter Ritter von seiner Rüstung beschwert. Der pedantische Schulmeister Holofernes schließlich nutzt seine mit technischen Ausdrücken und hohler Rhetorik ausgestattete ausschweifende Rede, um die eigene Unwissenheit zu kaschieren. Darin fungiert er wie ein Zerrbild dessen, was aus dem König und seinem Gefolge werden würde, wenn sie sich tatsächlich in eine auf weltliche Enthaltsamkeit gegründete Akademie zurückziehen würden. So wie Schädel wiederholt den Worten menschliche oder materielle Eigenschaften verleiht, degradiert nämlich Holofernes seine Mitmenschen gerne zu leeren, sterilen Worten. Doch wie Carroll betont, geht es bei dem von Shakespeare entworfenen Fest der Sprache nicht um eine Entwertung der erfinderischen Möglichkeiten, die die Sprache bietet, sondern um die Frage des richtigen Maßes. Obgleich diese Nebenfiguren sich allesamt an der Umgangssprache vergreifen und die magische Energie der Worttransformationen ins Exzessive treiben, so darf folgendes nicht außer acht gelassen werden: »Witz, ob gelungen oder nicht, ist besser als kein Witz, denn die Anwesenheit von Witz signalisiert die Anwesenheit einer aktiven Einbildungskraft. Ohne die gestalterische Kraft der Rhetorik könnte nichts geschaffen werde.«[18] So geht es auch bei der Sprachschelte, mit der die Prinzessin und ihre Hofdamen die beschämten Kavaliere am Ende des 5. Aktes überschütten, nicht darum, wie Biron zu recht erkennt, seine »taftne Phrasen, Klingklang schwacher Dichter,/ Hyperbeln, superfein, geziert und schwirrend« durch den Glauben zu ersetzen, es gebe eine transparente Sprache, die sich keiner verbalen Entstellungen bedient. Auf dem Spiel steht vielmehr die Frage, wie die Balance zu halten ist zwischen der Freude am von allen Bezügen losgelösten Sprachspiel und der Einsicht, daß Spra-

18 Carroll (1976), S. 46.

che immer auch eine Verankerung in der weltlichen Realität hat. Indem er seiner Geliebten schwört, »künftig sei schlicht mein Werben und Verheißen/ Mit hausgebacknem Ja und derbem Nein«, spricht er den Umstand an, daß sowohl in der poetischen wie der geselligen Sprache die Frage des Anstands das richtige Maß an spielerischer Kraft diktiert. Daß er dennoch seine alten Laster nicht ablegen kann und von seinem Herzen erklärt, es sei »fest und *senza* Riß und Sprung«, bietet seiner Geliebten wiederum die Möglichkeit, ihn darauf hinzuweisen, daß jeder Vorsatz nur so gut wie dessen Ausführung ist. »Kein senza, bitt ich« (*»Sans ›sans‹ I pray you«*), antwortet Rosaline ihm. Sie hat ihn, wie so oft in diesem Stück, mit ihrer Erwiderung übertrumpft und gleichzeitig die fehlende Durchführbarkeit seiner Überzeugungen entlarvt. Sie hat auch – wie meistens in *Verlorene Liebesmüh* – die bessere Phrase ersonnen.

Die über den Kampf der Geschlechter verhandelte Frage nach den weltlichen Konsequenzen von Sprachspielen, die an einem dem Bühnenraum des Theaters vergleichbaren, abgeschirmten heterotopischen Ort durchgespielt werden, läßt sich durchaus auch im Kontext des von der elisabethanischen Kultur gehegten Mißtrauens gegenüber einer uneingeschränkten Einbildungskraft lesen. Wie Louis Montrose überzeugend darstellt, zeichnet sich in *Verlorene Liebesmüh* eine für Shakespeares Zeit typische Debatte über das angebrachte Maß an imaginativer Überschwenglichkeit und das angemessene Verhältnis von Spiel und Wirklichkeit ab. Zwar läßt sich auch auf diese Liebessatire die von C. L. Barber entworfene *»festive theory«* übertragen. Von der Prämisse ausgehend, die Welt der Komödienhandlung ließe sich fruchtbar mit dem von jeglichen Zwängen des Alltags befreiten Raum des Karnevals vergleichen, hatte Barber den Vorschlag gemacht, die Ereignisse im Park des Königs Ferdinand als Festlichkeiten zu deuten, innerhalb derer weniger die Freuden der Liebe als die Freuden an der von der Liebeserwartung inspirierten Rede gefeiert werden. Die in *Verlorene Liebesmüh* so unermüdlich dargebotenen Wortspiele versteht er demzufolge als Erfahrung einer festlichen Freiheit. Die Begeisterung über die scheinbar unendliche Entfaltungsmöglichkeit der Rhetorik wird gemäß seiner *festive theory* am Ende der Komödienhandlung jedoch wieder in die Normalität des Alltags integriert.[19]

Dieser letztendlich versöhnlichen Lektüre hält Montrose zu Recht entgegen, daß man die Auflösung des Stückes – die abgebrochenen Liebesspiele und die Einführung des Todes –, die einer nahtlosen Integration der festlichen Stimmung zuwiderläuft, eher im Sinne einer komischen Katastrophe zu verstehen hat: eine Variante des Spiels-im-Spiel, in der eine ganze Komödienthematik in der Verkleidung einer anderen durchgespielt wird: »Shakespeares Beharren auf einem ironischen Verhältnis zu seinen Charakteren schließt sein Publikum ein. Am Ende des Stückes erkennen alle, wie sehr die projektierte Welt des Studiums, die Träume des Ruhms, die

19 Siehe C. L. Barber, *Shakespeare's Festive Comedy. A Study of Dramatic Form and its Relation to Social Custom* (Princeton 1959), S. 93. Siehe auch Northrop Fryes *Anatomy of Criticism* (Princeton: Princeton University Press 1957), S. 163-186, in der Frye den Begriff der ›grünen Welt‹ prägt, um den festlichen Handlungsort der Shakespeareschen Komödien zu beschreiben.

Sprachspiele und Werbungsrituale innerhalb des zur Schau gestellten fiktiven Raums eine Gegenwelt darstellt zu der ernsten, der wirklichen und potentiell tragischen Welt der Politik, der Finanzen, des Krieges und der Sterblichkeit. Die Fiktion, die diese partiellen, hypothetischen Welten enthält – das Stück *Verlorene Liebesmüh* –, ist hingegen selbst eine zweite fiktionale Welt, die ein Gegenstück in der wirklichen Welt des Publikums hat.«[20] Brisant für Montrose ist die Tatsache, daß die Gegenüberstellung von heterotopischem Park und der Welt der realen Politik nicht als saubere Opposition zwischen idealer Harmonie und destruktiver Machtausübung zu begreifen ist, sondern daß es auch innerhalb der abgeschirmten theatralen Welt der außeralltäglichen Festlichkeiten sowohl Wortduelle wie auch Anzeichen einer überbordenden Gewalt gibt. Auf dieser zur Bühne erhobenen abgeschirmten Welt spielt sich laut Montrose wiederholt das Leitthema des Stückes ab: »Die Ambiguität der Einbildungskraft, die Erheiterung über ihren kreativen Witz, aber auch die Erkenntnis der Gefahren, die einer nicht disziplinierten Ausübung der Imagination innewohnen.«[21]

Im 4. Akt hatten die Kavaliere mit verbaler Gewalt auf den sie demütigenden öffentlichen Verrat ihrer Liebesreime reagiert und zuerst sich gegenseitig und dann die Angebetete Birons angegriffen. Auf ähnliche Weise antworten sie auch im 5. Akt auf die ihnen durch das Verkleidungsspiel der Prinzessin zugefügte Kränkung. Nur zu willig erlaubt Biron dem

20 Montrose (1977), S. 14.
21 Montrose (1977), S. 21.

närrischen Schädel und seinen Freunden, das Schauspiel der »Neun Helden« vorzuführen, denn es lenkt davon ab, wie wenig Gefallen die Darbietung der königlichen Kompanie – die Maske der Moskauer – vor den Augen der Prinzessin gefunden hat. »Schaden bringt es nie,/Wenns schlechter gerät, als wirs gemacht, des Königs Kompanie« (*»tis some policy/ to have one show worse than the king's and his company«*), erklärt er dem König. Gleichzeitig erlaubt das Spiel-im-Spiel den Kavalieren, da sie sich an den sie verschmähenden Frauen nicht rächen können, ihre Wut an den ihnen untergeordneten Schauspielern auszulassen. Kaum hat der Pfarrer begonnen, den Feldherrn Alexander vorzuführen, befiehlt Biron dem Meister der Zeremonien Schädel, er solle ihm den Weltregenten wegschaffen. Ähnlich ergeht es der vom Schullehrer dargebotenen Judasfigur, die auf krudeste Weise verspottet wird, bis auch Holofernes beschämt die Bühne verläßt. Doch die Sympathien liegen nicht bei den Männern, die mit diesen Angriffen kaum die bedingungslose Demontage ihrer eigenen Heldenhaftigkeit ausblenden können. Statt dessen gewinnen gerade die weniger wortgewandten Schauspieler an Würde, indem sie mit gelassener Ruhe auf den verbalen Mißbrauch der Kavaliere reagieren. »Das ist nicht säuberlich, nicht artig noch großmütig!« erklärt der abtretende Holofernes und läßt somit unübersehbar erkennen, wie rücksichtslos das Wortgefecht der Kavaliere sich gebärdet. Dagegen führen gerade die Frauen jene Haltung der gnädigen Zuwendung und der Grazie ein, die eine Brücke zwischen rhetorischem Spiel und politischer Realität entstehen läßt. Obgleich die Prinzessin und ihre Damen ebenso bösartig und schneidend wie die Männer im »Bürgerkrieg des Witzes« kämpfen, sind sie durchaus fähig, zwischen verschiedenen Arten theatralischer Inszenierungen zu unterscheiden. Im Gegensatz zu den Männern verliert die Prinzessin während des »Schauspiels der neun Helden«, das ihr zu Ehren dargeboten wird, ihre würdevolle Haltung nicht und ermutigt inmitten des Spotts der anderen die Schauspieler immer wieder, in ihrem Spiel fortzufahren.

Montrose macht den Vorschlag, die Männer seien deshalb der gnädigen Barmherzigkeit unfähig, weil für sie das ganze Werbeszenario innerhalb eines Rituals der Selbstpreisung stattfindet und somit jeder Form von Würde entbehrt. Die Frauen hingegen führen in die heterotopische Welt des Parks »die Werte der gesunden Sexualität, des vernünftigen Verstandes und eine Verachtung gegenüber jeglichem prätentiösen Verhalten ein«[22]. Deshalb erinnern sie die Mitglieder der verstiegenen Akademie des Königs an die harten Realitäten des sozialen und politischen Daseins. Weil sie die Regeln beider Schauplätze – des alltäglichen Geschäfts des Hofes und des heiteren Treibens im Park – gleichzeitig im Auge behält, fällt es der Prinzessin leicht, zwischen einem Spieltrieb, der ungeachtet der Folgen aus Worten Waffen schafft, und einer angebrachten Selbstbeherrschung zu changieren. Aus diesem Grund verkörpert sie laut Montrose die Quintessenz würdevoller Hoheit (*»nobility«*): eine charmante Grazie, die sich der eigenen Macht sowie der Konsequenzen ihres Handelns gänzlich bewußt ist. Ihre Gestalt bildet zudem auch die Brücke zur

22 Montrose (1977), S. 89-90.

Welt des Publikums. Indem sie, nachdem der Bote Mercade den Tod des Königs verkündet hat, sofort bereit ist, das Erbe der väterlichen Autorität anzutreten und den Schauplatz des fröhlichen Bürgerkriegs des Witzes zu verlassen, verdeutlicht sie, wie sehr das ganze leidvolle Spiel um Liebeslust nur in bezug auf eine jenseits dieses Treibens liegende politische und gesellschaftliche Wirklichkeit sinnvoll wird: die Welt der Geschichte, des Konflikts, der Verantwortungen, der Ängste und des realen leiblichen Schmerzes, der die Welt des geistreichen Witzes auszuweichen sucht, indem politische Angelegenheiten zu Fragen der eigenen Eitelkeit werden. Nicht nur im Widerstreit mit dem petrarkistischen Liebeskode, sondern auch auf dem Hintergrund dieser realpolitischen Matrix erhält der Geschlechterkampf überhaupt erst seine Brisanz. Der Gebundenheit des Rausches der Rhetorik an die nüchternen Gesetze der Welt jenseits der Bühne ist nicht zu entkommen. Man kann die Verschränkung der sprachlichen Selbstgestaltung mit der Beschneidung durch symbolische Gesetze nur immer wieder neu auszuhandeln versuchen. In dieser bescheideneren Geste liegt die von Freedman postulierte Möglichkeit eines aus der Verkennung gewonnenen Blickes: jene erlernte Unwissenheit, die erst einzusetzen vermag, nachdem die Suche nach ewigen Ruhm vereitelt, alle törichten Handlungen und närrischen Einfälle entblößt und alle Liebesphantasien enttäuscht worden sind.

6. Jack bekommt nicht seine Jill

Am Ende des 4. Akts konnte Biron seine Kameraden noch mit der freudigen Erwartung erotischer Genüsse zum Kampf unter dem Banner Sankt Amors ermutigen: »Erst führen wir [die Damen] aus dem Park«, erklärt er seinen Kameraden. »Dann heimwärts leit ein jeder an der Hand/ Sein schönes Liebchen.« Er verspricht ihnen: »Es bahnen Spiele, Masken, Fest' und Tänze/ Den Weg der Lieb und streun ihr Blumenkränze.« Zwar verlassen in der Schlußszene des 5. Akts die Frauen tatsächlich, wie er es vorausgesagt hat, den Park des Königs von Navarra, nicht aber im festlichen Tanz, sondern in trauervollem Ernst. Hatte der unerwartete Auftritt Schädels mit Birons Liebesbrief in der Hand lediglich eine neue Wende in der Liebeskomödie bewirkt, so führt die Botschaft Mercades zu deren sofortigem Abbruch. Dabei unterbricht er bezeichnenderweise zuerst den sich anbahnenden Zweikampf zwischen Schädel und Armado, den die Botschaft von Jacquenettas Schwangerschaft zwischen den Rivalen ausgelöst hat. Denn nicht zufällig verweist Mercades Name auf die mythische Gestalt Merkurs, der zwischen den Göttern und den Menschen, den Toten und den Lebenden vermittelt und die Seelen der Toten geleitet. Mercade tritt nämlich regelrecht zwischen der Ankündigung einer Geburt und der eines Todes auf die Bühne.

Zuerst erweist König Ferdinand sich weiterhin unfähig, jenseits der Parameter seines von dem Gewicht des weltlichen Daseins abgeschirmten Schauplatzes zu blicken. Für ihn bildet selbst die Ankunft des Boten nur eine unvorhergesehene Wendung, die mit einer kleinen Veränderung wie alle anderen auch der Fortsetzung seines Spiels dienlich gemacht werden kann. Mit seinem Vorschlag: »verlornen Freund bejammern/ Ist lange nicht so heilsam noch gedeihlich,/ Wie sich des neu gefundnen Freunds erfreun« verkennt er weiterhin die emotionalen Bedürfnisse der von ihm Angebeteten, weil sie es nur als Ausdehnung seiner selbst wahrnimmt. Erstaunt erklärt sie ihm: »Ich kann Euch nicht verstehn; mein Gram ist doppelt«, behält jedoch listig für sich, was sie neben dem Tod ihres Vaters so tiefgründig betrübt. Wir dürfen zumindest spekulieren, es könnte die Rücksichtslosigkeit des ihr angesichts des Todes ihres Vaters weiterhin den Hof machenden Ferdinands sein. Statt dessen erlaubt die Prinzessin Biron, für den König das »einfach schlichte Wort« zu sprechen, um ihren Gram in Worte zu fassen. Doch auch er schweift geschickt sofort von der Frage des realen Todes ab und kehrt ein letztes Mal zu seinem Plädoyer für den petrarkistischen Liebeskode zurück, diesmal aber, um die Schuld für ihr maßloses Begehren den Frauen selbst zuzuschieben: »Wenn, so gescheckte Tracht leichtsinn'ger Liebe/ Anlegend, wir in Euren Himmelsaugen/ Unziemlich schienen unserm Schwur und Ernst,/ Verführt' uns Euer Himmelsauge selbst/ Zu Fehlern, die Ihr tadelt. Deshalb, Holde,/ Ist unsre Lieb Eur Werk, ist's auch der Irrtum,/ Den sie erzeugt.«

Es hat sich im Verlauf des letzten Aktes bei den verliebten Männern kein wirklicher Gesinnungswandel abgezeichnet. Sie stehen weiterhin auf der Bühne und tragen selbstbezogene Liebesreden vor, allerdings mit einem Unterschied: Die von ihnen idealisierten Frauen stehen ihnen direkt gegenüber. Das gnadenlose Verfehlen des Liebesvortrags ist somit auch doppelt. Es blendet sowohl die reale Trauer der vergötterten Frauen aus, wie es auch die realen Konsequenzen der Todesbotschaft nicht gelten läßt. Damit liefern die Kavaliere der Prinzessin jedoch nur noch einen letzten Beweis dafür, wie angemessen die von ihr gewählte Strategie war, deren Liebeswerbung »nach eignem Maß als leichten Scherz« zu erwidern. Sie weist den Heiratsantrag des Königs mit dem Verweis: »Eur Meineid mahnt Euch schwer« zurück und erklärt ihm, sie traue seinen Schwüren nicht (»Schwört keinen Eid mir« – *»your oath I will not trust«*), sei aber bereit, seine Liebe auf eine Probe zu stellen. Die von ihr gestellte Aufgabe wird ihn die Konsequenz seiner Enthaltsamkeit leiblich erfahren lassen, ihn gleichzeitig aber auch in einen ihrer Trauer analogen emotionalen Schwellenbereich versetzen. Er soll ein Jahr in einer Siedlung, entfernt »von allen Freuden dieser Welt« verweilen, während sie im Trauerhaus in »Tränenregen« ihren »Schmerz ergießend wehmütig« des Todes ihres Vaters gedenkt. Ihr folgend benennen auch die anderen Frauen, was sie von ihren Freiern während des einjährigen Aufschubs als Liebesbeweis erwarten. Bezeichnenderweise kreisen alle Aufgaben um eine leibliche Erfahrung und Anerkennung von Zeitlichkeit. Während Dumain und Longaville von ihren Damen gebeten werden, erst noch körperlich zu reifen, um die Ernsthaftigkeit ihrer Gefühle leiblich zu untermauern, trägt Rosaline Biron auf, ein Jahr lang seinen Witz vor den sprachlosen Kranken vorzutragen und ihnen ein gequält ohnmächtiges Lächeln hervorzulocken. So muß er seine geistreiche Rhetorik am härtesten Maßstab des Realen erproben – der unausweichlichen Anerkennung des bevorstehenden Todes. Von der Ausweglosigkeit der Situation tatsächlich in ihrem geistreichen Redefluß gehemmt, beugen sich der König und seine Kavaliere den von den Frauen gestellten Aufgaben. Während Armado sich öffentlich zu seiner Vaterschaft bekennt und als einziger tatsächlich eine Braut nach Hause führen darf, bleibt ihnen nichts anderes übrig, als Biron zuzustimmen: »schade, daß die Damen/ Den Ausgang nicht komödienhafter nahmen!«

Nun stellt sich die Frage, ob der Umstand, daß dieser »Bürgerkrieg des Witzes« nicht, »wie im alten Lustspiel«, mit einer mehrfachen Eheschließung endet, als Subversion der patriarchalen Hegemonie oder als eine subtile Wiederherstellung von deren Machthierarchie zu lesen ist. Robert Willson entnimmt dem unkonventionellen Ende eine versöhnliche Stimmung, da der von den Frauen verordnete Aufschub beide Seiten befriedigt.[23] Der König und sein Gefolge dürfen, ihrem anfänglichen Begehren nach einer männerbündlerischen Akademie durchaus entsprechend, ein Jahr den Frauen entsagen, während die Prinzessin und ihre Damen es sich auf Grund der von ihnen gestellten Aufgaben ermöglicht haben, die Liebesschwüre ihrer Bräutigame auf die Probe zu stellen und somit weder leichtfertig noch überstürzt auf den »endlos ew'gen Kauf« der Ehe (*»world-without-end bargain«*) einzugehen. Katharine

23 Siehe Robert F. Willson, *›Their Form Confounded‹. Studies in the Burlesque Play from Udall to Sheridan* (The Hague 1975).

Maus sieht in dem Aufschub der Hochzeit und den von den Frauen erteilten Aufgaben zudem eine Umbildung der Männer unter der Schirmherrschaft dessen, was die Frauen für Wahrheit halten: einerseits eine treuevolle Unterwerfung unter das Gebot der Geliebten, andererseits ein Verständnis von Gelöbnis, das nicht im Sinne eines performativen Sprechaktes durch die Äußerung allein vollzogen ist, sondern dann erst, wenn es von der Angesprochenen erhört und beantwortet worden ist. Wenn am Ende von *Verlorene Liebesmüh* das lustspielhafte Ende ausbleibt, so deshalb, weil die Frauen sich außerstande fühlen, den Männern zu glauben. Die von ihnen aufgeworfene Frage des Vertrauens muß jedoch im Bezug zu den zwei paternalen Toden gelesen werden, die das Stück einrahmen – dem Tod des Vaters Ferdinands, der stattgefunden hat, bevor die Handlung einsetzt, und dem Tod des Königs von Frankreich am Ende. Denn die durch die toten Väter offengelassene Stelle innerhalb der königlichen Familien läßt die Notwendigkeit eines Machttransfers überhaupt erst deutlich werden und bringt die nächste Generation – die Töchter und Söhne – dazu, sich der Lust wie der Pflicht der Reproduktion zu unterwerfen. Indem nun in *Verlorene Liebesmüh* die Tatsache, daß dieser Machttransfer der Kooperation von Frauen bedarf, dadurch hervorgehoben wird, daß die Prinzessin und ihre Damen vorführen, wie wenig man auf ihre Zusage einfach vertrauen kann, öffnet sich – wenn auch nur vorübergehend – ein Raum, der dieses Geschlechterverhältnis zumindest problematisiert. Daraus folgert Katharine Maus: Die Frauen werden zwar den Besitz, den sie während der

Werbung errungen haben, mit ihrer Eheschließung wieder aufgeben müssen. Aber in dem Zeitraum des von ihnen erfochtenen Aufschubs können sie »die Fiktion ihrer Macht aufrechterhalten, um diese, wie sie hoffen, später in ihrem Sinne abgeben zu dürfen«[24].

Mark Breitenberg hält einer die subversive Stimmung privilegierenden Lektüre nun seinerseits zu Recht entgegen, daß in *Verlorene Liebesmüh* das gesamte Spiel des Begehrens nur innerhalb einer ausdrücklich männlichen Struktur imaginiert werden kann. So bietet die unkonventionelle Auflösung zwei Deutungsmöglichkeiten: »Wir können sie als die Schilderung von starken, eigenständigen Frauen lesen, denen es gelingt, die traditionell patriarchale Struktur des männlichen Begehrens zu stören; oder wir können sie als das Durchspielen eines geschliffenen Werbungsspiels verstehen, welches diese Struktur durchaus aufrechterhält.« Obgleich die Frauen am Ende sich das Recht erkämpft haben, die Bedingungen ihrer Eheschließung eigenständig auszuhandeln, führt der von ihnen auferlegte Aufschub auch dazu, jene Begehrensstruktur zu zementieren, mit der das Lustspiel einsetzt: eine Struktur, die »den Mann als begehrendes Subjekt setzt und die Frau als das unerreichbare Objekt des Begehrens«. Dennoch ist auch Breitenberg bereit, in seiner Entlarvung der Art, wie eine patriarchale Kultur männliches Begehren konstruiert und reproduziert, dem Stück eine ideologiekritische Geste zuzugestehen: »Egal wie sehr das Stück am Ende die Struktur des Begehrens nachahmt, die die Liebenden am Anfang

24 Siehe Maus (1991), S. 221.

vorantrieb, es ist bezeichnend, daß zum Schluß die Frauen als diejenigen dargestellt werden, die die Formen und Phrasen der von ihnen so gänzlich enttarnten Logik des männlichen Begehrens selber im Griff haben.«[25] Wie sehr diese Ermächtigungsstrategie der Frauen jedoch immer auch eine Komplizenschaft mit dem sie unterdrückenden kulturellen System des Patriarchats bedeutet, betont Holderness. Denn diese weibliche Machtaneignung, die im Verlauf des Stückes zusammen mit der unermeßlichen Schöpfungskraft der Sprache gefeiert wird, ist unübersehbar eine entlehnte. Stützen sich die Prinzessin und ihre Damen auf die Autorität des sterbenden Königs von Frankreich, so haben sie während des bunten Treibens nur zu deutlich die Macht ihrer zukünftigen Ehegatten vor Augen. Demzufolge erscheint Holderness der Umschwung vom Karneval zur Fastenzeit, der sich darin abzeichnet, daß die Männer sich bereit erklären, ihren Spieltrieb zugunsten der Selbstdisziplin aufzugeben, kaum als versöhnliche Synthese des Widerstreits zwischen dem nur im heterotopischen Park durchzuführenden »Bürgerkrieg des Witzes« und den realen aristokratischen Kämpfen, die die politische Wirklichkeit am Hof des Königs von Frankreich – und implizit auch am Hof von Königin Elisabeth I. – kennzeichnen. Träumerei und Verantwortung, Spiel und Geschäft, Theater und Realität stellen für ihn keine einfache Antithese dar, sondern sich gegenseitig ausschließende Arten, die Welt zu sehen, zu beschreiben und zu leben: »Wenn die Eheschließung das Ende des Spiels beinhaltet, ließe sich viel-

25 Siehe Breitenberg (1992), S. 446.

leicht auch behaupten, Spiel bedeute ebenfalls das Ende der Ehe.[26]

Die Vielzahl der Deutungsmöglichkeiten, die der wenig komödienhafte Abschluß von *Verlorene Liebesmüh* bietet, muß nicht zugunsten der einen oder der anderen Position entschieden werden. Er darf es auch gar nicht. Denn womöglich liegt das Beunruhigende und gleichsam Faszinierende dieses Endes nicht zuletzt darin, daß es die Frage des »Bürgerkriegs des Witzes« auf die Ebene der Rezeption des Stückes hebt. Wenn Biron das Kinderlied abwandelnd darauf hinweist, daß Jack am Ende seine Jill nicht mit nach Hause nehmen darf, sich aber einreden kann, daß er die Geliebte am Ende der ihm auferlegten Frist schließlich doch von seiner Treue überzeugen wird, bleiben wir bei dem Widerstreit des Blickes. Eine Entscheidung darüber, ob der Karneval des Spiels und des Festes der Worte in die Entsagung der politischen Realität und der Verantwortlichkeit der Rede überführt werden kann oder der Gegensatz zwischen diesen beiden unüberwindbar bleibt, ist in der letzten Instanz eine Frage der intellektuellen Präferenz. Was der von Shakespeare durchgeführte Widerstreit zwischen Spiel und Wirklichkeit hingegen eindeutig aufzeigt, ist, daß nicht nur die Töchter, sondern auch die Söhne sich dem väterlichen Gesetz beugen müssen. Wollen sie ruhmreich werden, dürfen sie sich ebenso wenig dem Gesetz der leiblichen Reproduktion entziehen wie die Frauen. Und auch sie müssen lernen, ihr Begehren nicht außerhalb der weltlichen Reali-

26 Siehe Graham Holderness et. al., *Shakespeare: Out of Court* (New York 1990), S. 47.

tät frei zu entfalten, sondern innerhalb der das Funktionieren der Gemeinschaft garantierenden symbolischen Gesetze.

Es mag zwar unentscheidbar sein, wie langfristig es den scharfsinnigen Damen gelingen wird, über ihre Ehegatten Kontrolle auszuüben, so wie das Stück auch offenläßt, ob es den Kavalieren gelingen wird, für ihren überbordenden Hang zur Rhetorik eine sinnvolle Balance herzustellen, die die Angesprochene und ihre Lebenswelt nicht gänzlich zugunsten einer freischwebenden Feier des Zeichens auslöscht. Weniger ambivalent hingegen erscheint der Umstand, daß alle Spieler und Spielerinnen – ob in der Heterotopie des Parks oder an den diversen Höfen – an einer von der nicht hinterfragbaren Autorität des Vaters gestützten gesellschaftlichen Matrix teilhaben. Die Realität des Fastens spielt sich ebenso sehr auf einer Bühne ab wie das karnevaleske Spiel. Die im Theater der weltlichen Politik festgelegten Gesetze und Kodes – die wie jede andere Sprache repräsentativen Charakter haben – überschatten nicht nur den auf einem abgesonderten Schauplatz durchfochtenen Bürgerkrieg zwischen angemessenem und unzulässigem rhetorischen Spiel, zwischen einem tragfähigen und einem undurchführbaren Widerstand. Sie ziehen die Spieler und Spielerinnen nach abgelaufener Frist auch unwillkürlich an diesen anderen Schauplatz zurück. Daß *Verlorene Liebesmüh* am Ende für die Botschaft eintritt, daß es unmöglich ist, den kulturellen Gesetzen zu entkommen, macht vielleicht das wirkliche Unbehagen aus, das von diesem unkomödienhaften Lustspiel ausgeht. Es läßt einen sowohl an die vermeintlich lustigen Opern Mozarts denken wie *Don Giovanni* oder *Così fan tutte*, wie es auch eine unerwartete Nähe zu den Familiendramen Verdis erkennen läßt. Der Glaube an eine bevorstehende Hochzeit funktioniert womöglich wie eine Schutzdichtung, die alle Beteiligten vergessen läßt, daß nicht nur das Gesetz der Sterblichkeit, sondern auch das sie alle in ihrem narzißtischen Selbstbild kränkende Gesetz des Vaters sie immer wieder einholen wird, egal ob es das Vertrauen der Frauen auf ihre Fähigkeit, die Männer mit ihren eigenen Waffen zu schlagen, betrifft oder den Glauben der Männer, in ihrer Liebe zu der vergötterten Frau die eigene Versehrtheit überwinden zu können. Der herrschende Vater, der durch die Entsendung seiner Botschafterin in die Akademie der Söhne einbrach, bleibt bestehen und ist als toter Vater, der nur noch als Name existiert, besonders mächtig. Dieses Wissen hat König Ferdinand mit seinem ersten Monolog über den Ruhm, der von einer Grabinschrift auf ewig gewährleistet wird, selber als Denkfigur in seinen heterotopischen Park eingeführt.

Bibliographische Hinweise

Arthos, John. *Shakespeare: The Early Writings.* London 1972.

Barber, C. L. *Shakespeare's Festive Comedy. A Study of Dramatic Form and its Relation to Social Custom.* Princeton 1959.

Barton, Anne. »Love's Labor's Lost«. In: *The Riverside Shakespeare.* Hg. G. Blakemore Evans. Boston 1974.

Beiner, G. »Endgame in *Love's Labour's Lost*«. *Anglia. Zeitschrift für Englische Philologie* 103 (1985): 48-70.

Breitenberg, Mark. »The Anatomy of Masculine Desire in *Verlorene Liebesmüh*«. *Shakespeare Quarterly* 43.4 (Winter 1992): 430-449.

Carroll, William C. *The Great Feast of Language in Love's Labour's Lost.* Princeton 1976.

Cohen, Walter. *»Love's Labour's Lost«.* In: *The Norton Shakespeare.* Basierend auf der *Oxford Edition.* Hg. Stephen Greenblatt, Walter Cohen, Jean E. Howard und Katharine Eisaman Maus. New York 1997: 733-740.

David, Richard. »Introduction«. In: *The Arden Shakespeare. Love's Labour's Lost.* London 1951.

Elam, Keir. *Shakespeare's Universe of Discourse. Language-Games in the Comedies.* Cambridge 1984.

Evans, Malcolm. *Signifying Nothing: Truth's True Contents in Shakespeare's Text.* Brighton 1986.

Frye, Northrop. *Anatomy of Criticism.* Princeton 1957.

Foucault, Michel. »Andere Räume«. In: *Aisthesis. Wahrnehmung heute oder Perspektiven einer anderen Ästhetik.* Hg. Karlheinz Barck. Leipzig 1990: 34-46.

Freedman, Barbara. *Staging the Gaze. Postmodernism, Psychoanalysis, and Shakespearean Comedy.* Ithaca 1991.

Gilbert, Miriam. *»Love's Labour's Lost«: Shakespeare in Performance.* Manchester 1993.

Hibbard, G. R. *The Making of Shakespeare's Dramatic Poetry.* Toronto 1981.

Holderness, Graham, Nick Potter und John Turner. *Shakespeare: Out of Court.* New York 1990.

Homan, Sidney. *When the Theater Turns to Itself. The Aesthetic Metaphor in Shakespeare.* Lewisburg 1981.

Howard, Mary E. »Shakespeare's ›Living Art‹: A Live Issue from *Love's Labour's Lost«.* In: *Shakespeare and the Arts. A Collection Of Essays from the Ohio Shakespeare Conference.* Hg. Cecile Williamson Cary und Harry S. Limonge. Washington 1982.

Lamb, Mary Ellen. »The Nature of Topicality in *Love's Labour's Lost«. Shakespeare Survey* 38 (1985): 49-59.

Maus, Katharine Eisaman. »Transfer of Title in *Love's Labour's Lost:* Language, Individualism, Gender«. In: *Shakespeare Left and Right.* Hg. Ivo Kamps. New York/London 1991: 205-223.

Montrose, Louis Adrian. *»Curious-Knotted Garden«: The Form, Themes, and Contexts of Shakespeare's Love's Labour's Lost.* Salzburg 1977.

Neely, Carol Thomas. »Broken Nuptials in Shakespeare's Comedies«. In: *Shakespeare's ›Rough Magic‹: Renaissance Essays in Honor of C. L. Barber.* Hg. Peter Erickson und Coppélia Kahn. Newark 1985: 61-72.

Schabert, Ina, Hg. *Shakespeare-Handbuch. Die Zeit. Der Mensch. Das Werk. Die Nachwelt.* Stuttgart 1978.

Willson, Jr. Robert F. *›Their Form Confounded‹. Studies in the Burlesque Play from Udall to Sheridan.* The Hague 1975.

Yates, Frances A. *A Study of Love's Labour's Lost.* Cambridge 1936.